Fritz-Stefan Valtner

Moritz

... der kleine Filou

Fritz-Stefan Valtner

Moritz...
... der kleine Filou

Bibliografische Information der Deutschen Nationalbibliothek
Die deutsche Nationalbibliothek verzeichnet diese Publikation in der deutschen Nationalbibliothek Detaillierte bibliografische Daten sind im Internet über: http://dnb.dnb.de abrufbar

Copyright, Cover , Bilder, Zeichnungen, Autorenfoto bei Fritz-Stefan & Manuela Valtner 2019

ISBN: 978 3749 497911

Herstellung und Verlag:
BoD-Books on Demand
Norderstedt

Printed in Germany

Inhaltsverzeichnis

Vorwort

Ein Leben ohne eine Katze ist kein wirkliches Leben. Als uns unser geliebter Fynn verlassen hatte, und wir einige Tage dann ohne eine Katze leben mussten, stand für uns beide fest, dass wir unbedingt einen Nachfolger für unseren Fynn brauchten.

Dabei stand auch die Frage an:

Sollen wir wieder eine gestandene Katze nehmen oder doch lieber eine junge Katze?

Eines stand für uns jedoch fest, wir wollten eine Katze aus dem Tierheim zu uns nehmen. In verschiedenen Foren schauten wir uns um.

Dabei fiel meiner Frau eine Anzeige auf, die von einem Moritz handelte und der nun traurig im Tierheim einsaß, weil sein Herrchen in ein Heim musste und die Familie ihn nicht mehr gebrauchen konnte.

Und da kamen wir ins Spiel.

Gibt es Wunder?

Wie ich von meiner lieben Betreuerin erfahren habe, gibt es jetzt auf der Internetseite des Tierheimes, was das auch immer sein mag, eine Suchmeldung von mir, in der ich ein neues Zuhause suche. Wer sollte mich da schon finden?

Immer wieder kamen Leute hier ins Tierheim, um sich ein Tier auszusuchen. Manch einer verirrte sich auch mal ins Katzenhaus. Viele fanden mich ja ganz nett, aber als sie mein Alter hörten, drehten sie sich schnell um und schauten sich lieber nach einer jungen Katze um. Ich konnte mich nur noch traurig zurückziehen auf mein Hochbrett.

War ich denn mit meinen 12 Jahren schon wirklich so alt? Dabei fühlte ich mich noch gar nicht so alt. Dabei gab es noch eine ältere Mitbewohnerin, die kleine Elli, sie war immerhin schon 15 Jahre alt und immer noch topfit. Auch sie blieb meist links liegen. Der dreibeinige Flo hatte das gleiche Schicksal. Er wurde aufgrund seiner Behinderung in der Regel nicht beachtet.

Warum wollte uns keiner haben?

Hing es wirklich mit unserem Alter zusammen? Gut, wir hatten schon einen Großteil unseres Lebens hinter uns, aber sollten wir deshalb keine Lebensfreude mehr genießen können?

Oder hatten die Interessenten Angst, dass viele Kosten auf sie zukommen könnten, wenn uns mal ein „Zipperleinchen" plagte? Aber dies kann ja auch bei einer ganz jungen Katze passieren. Irgendwie machte mich dies regelrecht krank. Dabei hatte ich doch nur einen kleinen Wunsch:

„Noch einmal ein schönes Heim zu haben, mit einer sehr lieben „Dienerschaft", die mich hegt und pflegt und ich meinen kleinen Freuden nachgehen kann."

Viel brauche ich ja nicht, aber etwas Liebe und Verständnis für mein Alter sollte schon da sein."

War mein Wunsch so abwegig?

Die Tage vergingen, es kamen immer wieder Leute in unser Katzenhaus, schauten sich um und wenn, dann nahmen sie meist eine junge Katze mit. Wir „Alten" blieben mal wieder unbeachtet.

Das nagte schon gewaltig an unserem Seelenheil.

Ich stellte mich innerlich schon darauf ein, hier mein restliches Leben zu verbringen.

Die Suche

Nachdem meine Frau mir die Anzeige vorgelesen hatte, beschlossen wir uns diesen Kater mal anzusehen. Ein kleines Bild hatten wir ja schon von ihm. Dort schaute er uns mit seinen großen Augen traurig an. Wir machten einen Termin mit dem Tierheim aus und fuhren hin.

Ich saß hier traurig ein, als im Dezember, es war so kurz vor Weihnachten, zwei Menschen, auch schon etwas älter, unser Katzenhaus betraten. Sie war schon recht auffällig mit ihren roten Haaren, während er recht ruhig wirkte. Meine Betreuerin rief mich bei meinem Namen. „Moritz, Moritz...", als sie mich auf meinem Brett sitzen sah.

Sie erklärte den beiden Besuchern, dass ich der Kater Moritz bin, von der Anzeige auf der Internetseite des Tierheimes.

Nachdem sie noch einige Informationen von der Leiterin bekamen, führte sie die Beiden zu dem Raum hin, wo die Katzen untergebracht waren. Hier liefen zahlreichen Katzen herum.
Die ein oder andere Katze lief schon auf sie zu, als wollten sie sagen:

„Nimmt uns doch mit!"

Aber sie suchten ja „ihren" Moritz. Wo war er? Nach einigen Suchen fanden sie mich auf der höchsten Stelle im Katzenhaus ängstlich und zusammen gekauert auf meinem Hochbrett.

Vorsichtig schaute ich auf die beiden fremden Personen herunter.

Aber jetzt lassen wir ihn mal erzählen, wie er damals die Situation erlebte.

Nachdem wir ihn gefunden hatten, erzählte uns die Leiterin, dass er sehr ängstlich sei und sie hergehen, wenn sie Moritz füttern wollten, mit ihn in einem separaten Raum gehen müssen, damit er überhaupt etwas isst.
Für einen Kater sah er auch sehr schmächtig aus.
Vorsichtig nahmen wir aus der Ferne einen ersten Blickkontakt auf.
Auf seinen schönen Namen „Moritz" reagierte er mit einem Aufstellen seiner Ohren.
Langsam und bedächtig näherten wir uns ihm.

Noch blieb ich skeptisch.

Was mir aber auffiel, dass beide sehr zärtliche und ruhige Stimmen hatten. Dies gefiel mir schon einmal. Sie versuchte sofort Kontakt zu mir aufzunehmen und machte ein Zeichen, dass sie mich gerne einmal streicheln wollte. Ich zog mich zuerst noch einmal zurück. Na ja, viele Optionen hatte ich ja nicht. Das Brett war irgendwann mal zu Ende. Unten warteten meine „Freunde", die mich gerne jagen wollten.

Also was sollte ich tun?

Sie sprach weiterhin mit ruhiger Stimme auf mich ein und versuchte es erneut, mich zu streicheln.

Sollte ich dies zulassen?

Ich war mir darin noch unschlüssig.
Aber was sollte mir hier passieren?
Ganz langsam und vorsichtig legte sie ihre Hand auf meinem Körper und fing an, mich ganz langsam zu kraulen. Das tat schon gut. Ich richtete mich langsam aus meiner gebückten Haltung auf, so dass sie mich in meiner ganzen Pracht sehen konnte. Auch er sprach mit sehr ruhigen Worten auf mich ein. Sie schienen sich für mich zu interessieren. Auch das Alter von mir, schien sie nicht abzuschrecken, wie bei den vielen anderen Besuchern.

Nach einiger Zeit kam meine Betreuerin wieder zu uns rein und fragte die Beiden:

„Na, wie finden sie unseren kleinen, ängstlichen Kater Moritz?"

„Innerlich wollte ich dem energisch widersprechen, aber ich ließ es so im Raume stehen."

Dann sagte die Rothaarige:

"Ich glaube, dass dürfte der richtige Kater für uns sein. Auch wenn er schon 12 Jahre alt ist, so glauben wir, das wir ihm für die nächsten Jahre ein sehr schönes Heim bieten können.

Gesagt – getan!

Während sie mit der Betreuerin mitging, blieb er bei mir und sprach mit mir die ganze Zeit. Seine Stimme klang so wohltuend.

Vorsichtig führte er seine Hand zu mir und kraulte mich sanft hinter den Ohren und den Nacken.

Oh, das tat gut!

Ich konnte nicht anders und versuchte so nah wie möglich an ihm heran zu kommen, damit er mich besser streicheln konnte.

War dies der Beginn einer wunderbaren Freundschaft?

Es dauerte einige Zeit bis die beiden wieder aus dem Büro zurück kamen und mir meine Betreuerin eröffnete, dass ich jetzt ein neues Zuhause bekommen werde.

Es ging jetzt nur noch darum, wann ich mitgehen konnte.

Eigentlich sollte ich ja noch eine Untersuchung, sowie einen Chip eingesetzt bekommen. Aber leider war die Tierärztin erst in der nächsten Woche wieder im Haus.
Solange wollte die Rothaarige aber nicht warten.

Sie wollte mich schon heute mitnehmen und die Untersuchungen sollten am nächsten Morgen bei ihrem Tierarzt erfolgen.
Nach einer kurzen Diskussion kamen alle überein, dass man dies so machen wollte.

Sie holte die Transportbox aus dem Auto und ich ließ mich, erstaunlicher Weise, ohne Zicken zu machen, in diese Box verfrachten.

Meine Betreuerin war über mich sehr erstaunt.

Sie sagte: „Donnerwetter, das ist aber erstaunlich, denn sonst hatte er sich meistens mit all seiner ganzen Kraft dagegen gewehrt, in eine solche Kiste zu gehen. Aber jetzt? Jetzt saß er da ruhig drin und harrte den Dingen, die da noch folgen sollten.

Ahnte er schon, dass er in sein neues Heim übersiedeln konnte? Auch die Leiterin war mehr als erstaunt, dass er hier keine Schwierigkeiten machte.

Wir versprachen der Leiterin, dass wir die ersten Fotos in seinem neuen Heim, ihr übermitteln wollten, damit sie sehen konnte, dass es ihm gut geht.

Die Box war schön mit einer weichen Decke ausgelegt. Ich wurde noch mit einer zusätzlichen Decke zugedeckt, damit ich ich mich nicht erkälte, wenn ich jetzt raus in die kalte Dezemberluft musste.

Selbst als wir im Auto saßen und wir losfahren wollten, blieb er ganz ruhig in seiner Transportbox sitzen, was uns ebenfalls erstaunte.

Unsere beiden ersten Katzen, die wir hatten, konnten das Autofahren überhaupt nicht leiden und veranstalteten immer ein riesiges Theater in den Transportboxen.

Fynn dagegen war damals schon gelassener und legte sich bequem hin und schlief ein.

Moritz hingegen war ruhig, aber er spitzte seine Ohren, nach den Motto: „Wachsam ist die Mutter der Porzellankiste."

Also die Fahrt verlief ohne Probleme und nach einer knappen halben Stunde standen wir vor seinem neuen Heim.

Jetzt hatten wir zwar wieder einen alten Kater, immerhin war er ja auch schon 12 Jahre alt, wie es ja auch Fynn war, der sich uns, als seine neue Dienerschaft, auf seine alten Tage ausgesucht hatte, als er sein geliebtes Heim verlor und sich auf der Straße durchschlagen musste.

Auch Moritz hatte ja sein geliebtes Heim verloren und saß im Tierheim ein, wo er sich überhaupt nicht wohlfühlte.

Jetzt bekam er noch einmal auf seine alten Tage ein neues Heim.

Wir sagten uns: „Warum sollten wir nicht einem alten Kater auf seine letzten Tage ein schönes Heim, welches er bei uns hat, verwehren?

Soll er doch bei uns in Ruhe alt werden!

Mein neues Zuhause

Während der Fahrt sprach meine neue Dienerin mit mir und erzählte mir, dass in meinem neuen Zuhause schon alles für meinen Einzug vorbereitet sei. Ich werde mich bestimmt dort sehr wohl fühlen.

Im Stillen dachte ich bei mir: „Wollen wir dies erst einmal sehen, wenn wir da sind, ob es mir dort gefällt."

Langsam näherten wir uns meinem neuen Heim. Ich spürte in mir eine kleine gewisse Unruhe, ja, vielleicht auch ein bisschen Neugierde und Aufregung. Dennoch versuchte ich ruhig in meiner Transportbox zu bleiben.

Ich glaube, heute würde man dazu „cool" sagen. Was soll ich euch sagen, nach wenigen Minuten fuhren wir in eine Hofeinfahrt hinein und dann waren wir da.

Mein Herz schlug höher. Ängstlich kauerte ich mich auf den Boden der Box, als ich aus dem Auto in ein Gebäude getragen wurde. Die Tür fiel ins Schloss und meine Box wurde auf dem Boden abgestellt. Vorsichtig schaute ich mich um. War da noch eine Katze, die hier wohnte? Irgendein Geruch stieg mir in meine Nase. Aber zu sehen war nichts von einer anderen Katze.

Dann hörte ich mein Namen!

Meine neue Dienerin sagte mit einer leisen Stimme zu mir:

„Mein lieber Moritz, dies ist dein neues Zuhause und wir hoffen, dass du dich hier sehr wohl fühlst, wie auch Fynn, der leider vor ein paar Tagen von uns gegangen ist. Dies ist dein neues Reich, wo du jetzt alleine lebst, wie ein kleiner Prinz.

Bei diesen Worten, die herunter gingen wie Öl, wurde es mir ganz warm um`s Herz. Besonders die Worte Prinz und alleine klangen wie Musik in meinen Ohren. Jetzt wurde ich munter und wollte mein neues Reich in Augenschein nehmen. Vorsichtig wurde ich aus meiner Transportbox geholt und zum ersten Mal setzte ich meinen Fuß in mein neues Terrain auf. Ein kleines Glücksgefühl kam innerlich auf. Neugierig ging ich umher, schnupperte mal hier, mal dort.

Eine eigene Futterstelle gab es auch.

Nur für mich! Das ist toll!

Und das Schönste, sie war schon mit einem leckeren Essen befüllt. Zu Trinken gab es auch etwas. Hunger hatte ich zwar, aber auch meine Neugierde war sehr groß. Was sollte ich zuerst tun? Essen oder Entdecken? Ich habe mich dann zuerst für das Essen entschieden, nach dem Motto:

„Mit einem hungrigen Magen kann man nicht gut auf Entdeckungsreise gehen."

Also leerte ich erst einmal die Schüssel, trank etwas und dann konnte es losgehen.

In aller Ruhe ging ich die unteren Räume ab, in einer Ecke des Wintergarten stand ein großer „Kratz-Baum" mit zahlreichen Liegemöglichkeiten. Den schaute ich mir ganz genau an. Die Lage war super, denn von hier konnte man alles wunderbar überblicken. Auch eventuelle Fluchtmöglichkeiten waren gegeben. Aber meine Neugier trieb mich weiter umher. Da gab es ja noch ein paar andere Räume, wie eine kleine Diele, die Küche, das Wohnzimmer, dann noch eine kleine Diele mit einer Treppe die oben führte, sowie das Bad. Alles nahm ich gründlich in Augenschein.

Etwas später ging ich auch nach oben. Hier gab es auch zwei Räume. Ich vermute, dass waren die Schlafräume.

In einem der Räume gab es eine breite Fensterbank, von der man einen Blick in den Garten hatte.

Nachdem ich alles inspiziert hatte, was ja doch recht anstrengend ist, beschloss ich wieder nach unten zu gehen und den Kratz-Baum aufzusuchen. Ich kletterte bis in die Spitze hinauf, wo eine Schlafmulde angebracht war.

Die suchte ich auf, kauerte mich in die Schlafmulde hinein und es dauerte nicht lange, da war ich eingeschlafen.

Ab und zu wurde ich dennoch wach, um mit einem Auge die Lage zu peilen.

Alles war ruhig.

Meine Dienerschaft hatten ihr Abendbrot eingenommen und saßen nun vor dem Fernseher.

In meinem Unterbewusstsein bekam ich mit, wie einer der Beiden nach mir schaute und dann zu dem anderen sagte:

„Er schläft, ich glaube, er ist eingezogen."

Dann zog er sich wieder still und leise zurück.

Irgendwann gingen die beiden auch zu Bett und dann war es ruhig in meinem neuen Heim.
Nur das leise Ticken einer Uhr drang an mein Ohr und in bestimmten Abständen gab die Heizungsanlage einen undefinierbaren Ton ab. Aber diese Töne kannte ich auch aus meinem alten Heim.

Still und leise stand ich auf und machte mich auf eine weitere Entdecker – Tour.

Ich bin hier auf meiner Entdecker-Tour!
Es gab viel zu sehen und zu beschnuppern. Nachdem ich unten alles gesehen hatte, ging ich nach oben.

In einem der beiden Räume fand ich auch meine Dienerschaft, die selig in ihren Betten lagen und vor hin sich „ratzten".

Gegenüber dem Schlafraum fand ich auch mein Katzenklo. Es sah sehr sauber aus, ja ich möchte sagen, es war neu. Das musste ich natürlich auch gleich einweihen. Dann ging ich in den anderen Schlafraum, der etwas kleiner war, suchte mir eine kleine Kuhle auf dem dort stehenden Bett aus, kuschelte mich dort ein, und es dauerte nicht lange und ich fiel in einem tiefen und seit langer Zeit auch ruhigen Schlaf.

Die Sonne schien schon durch das Fenster hinein als ich wach wurde.

Auf der gegenüberliegenden Seite war auch noch alles ruhig.

Ich stand auf und ging auf leisen Pfoten hinüber um mal nachzuschauen. Die beiden schliefen ganz ruhig.

Sie haben noch nicht einmal bemerkt, als ich am Fußende des Bettes einen Blick auf sie warf. Ich legte mich auf eine kleine Bank, die am Ende des Bettes stand und wartete bis sie wach wurden. In dieser Wartezeit fielen mir selbst die Augen wieder zu. Nach einer Ewigkeit regte sich dort etwas. Meine Dienerin wurde wach und wollte auf`s Klo gehen, als sie mich sah.
Ich miaute leise und sie sprach mich mit leiser Stimme an und fragte mich:

„Nach wie geht es dir mein kleiner Prinz Moritz?"

„Hast du gut geschlafen?"

Ich miaute noch einmal und zeigte ihr das ich runter wollte. Sie war ein kluges Mädchen und verstand sofort und sagte:

„Hat mein kleiner Prinz Hunger?"

Ich miaute noch einmal und dann gingen wir beide die Treppe hinunter und in der Küche machte sie mir ein feines, leckeres Essen fertig.

Sofort machte ich mich darüber her und muss sagen: „Hmmmh, das schmeckte sehr, sehr lecker!"

Sie ging dann wieder die Treppe hoch.

Währenddessen suchte ich mir ein warmes Plätzchen im Wintergarten aus und fand dieses auf einem Teppich, der sich sehr warm anfühlte und döste noch etwas.

Ich bin angekommen!

Mein neues Leben

In den ersten Tagen gab es viel Neues zu entdecken. Es gab viele Ecken, in die ich mich zurückziehen konnte. Aber dennoch hatte ich zwei, drei Plätze die ich immer wieder gerne aufsuchte. Aber eines war super:

„Ich war hier ganz alleine und der Chef!"

Und meine Dienerschaft las mir jeden Wunsch von den Augen ab. Eine Angewohnheit die ich noch von früher kannte, gab es hier auch. Bei meinem alten Herrn saß ich immer bei jeder Mahlzeit, die er einnahm, neben ihn und bekam, wenn ich ganz lieb war, auch immer was Leckeres vom Tisch ab.

Mal war es eine Wurst oder ein kleines Stück Käse. Ab und zu aß er auch mal einen Fisch. Da fiel immer etwas auch für mich ab. Das waren die besten Zeiten am Tag. Und was soll ich euch sagen:

Diese Zeiten kamen wieder!

Morgens saß ich zwischen den beiden auf der Bank vor dem Frühstückstisch. Die beiden hatten die liebevolle Angewohnheit, immer nebeneinander zu sitzen. Dann gab es noch ein ungewöhnliches Ritual. Sie wünschten sich immer gegenseitig einen „Guten Appetit" und küssten sich dabei. Solange musste ich immer warten. Dann bekam ich von einem der Beiden, schön auf einem Teller serviert, immer etwas vom Tisch.

Mal eine Wurstscheibe oder ein Stück Käse. Danach blieb ich immer lieb und brav zwischen den Beiden sitzen, in der leisen Hoffnung, es könnte ja noch etwas für mich abfallen.

Nach dem Frühstück fuhr sie meist zur Arbeit, während er zuhause blieb und sich in sein Büro zurück zog. Die Ruhe, die jetzt einkehrte, nahm ich zum Anlass, einen Schönheitsschlaf einzulegen.

Am frühen Vormittag wurde ich dann wach, machte meinen Rundgang und sah ihn an so einem komischen Ding sitzen, wo er zahlreiche Tasten berührte und auf einem Bildschirm irgendwelche Zahlen oder Buchstaben erschienen bzw. hin und her flitzten. Oft hatte er im Hintergrund eine leise Musik an. Sie war zum Teil sehr beruhigend.

Ich schaute ihm oft einige Zeit zu, dann sprang ich auf seinen Schreibtisch und wollte mir meine Streicheleinheiten von ihm abholen. Dabei war ich manchmal unvorsichtig und lief über die Tasten, die er immer wieder berührte.

Dabei wurde er jedes Mal etwas ungehalten, da sein Text, den er gerade geschrieben hatte, eine ganz neue Struktur bekam oder plötzlich verschwunden war.

Ich hatte vermutlich in meiner Tollpatschigkeit versehentlich eine verkehrte Taste getroffen. Ich schaute ihn dann immer mit meinen großen Augen an, kuschelte mich an ihn und dann konnte er nicht anders, als mich in seine Arme zu nehmen.

So kam ich dann immer zu meinen Streicheleinheiten.

Meine so sehr geliebten Streicheleinheiten. Oft musste mein Diener seine Arbeit unterbrechen, damit ich ausgiebig gestreichelt werden konnte.

Oft setzte ich mich aber auch neben diesen komischen Ding und lauschte der Musik, die aus diesem Gerät kam. Dabei hatte er meist eine schöne, leichte Entspannungsmusik an. Dabei konnte ich auch gut entspannen – und war bei ihm. Manchmal hörte er auch eine Musik, die irgendwo aus Tibet oder der Mongolei kam. Sie war auch nicht schlecht. Aber er hörte auch mal AC/DC oder die Beatles. Seine Musik wechselte oft nach Stimmungslage, so dass er manchmal eine regelrechte Weltreise in Sachen Musik machte. Da ging es von Tibet nach Amerika, von Japan nach Schottland und Irland, dann ging es weiter nach Deutschland und von dort wieder nach Asien.

So bekam ich immer eine Menge neuer Lieder zu hören, was natürlich interessant war.
Aber oft hörte er sich auch irgendwelche Sachen an, wo einer etwas erzählte. Oft musste er darüber schmunzeln, was dort erzählt wurde.

Mit der Zeit erfuhr ich, dass er Bücher und kleine Geschichten schreibt. Jetzt wird mir auch klar, als er zu mir sagte, ich sollte mal meine ersten Eindrücke, die ich hier erlebte, niederschreiben.

Will er daraus ein Buch machen?

Am Wochenende waren beide in der Regel zu Hause, oft ging es in den Garten hinaus. Dies war nicht so meine Welt.

Ich war immer eine Hauskatze und wollte dies auch bleiben. Außerdem war ich ja nicht mehr der Jüngste und blieb lieber in meinem neuen, überschaubaren Reich. Mir reichte dies völlig.
Samstagabend gab es oft Hähnchen, die sie von irgendeinen Markt mitbrachten.

Auch ich bekam immer ein halbes Hähnchen ab. Dies war für mich wie Weihnachten und Ostern zusammen. Man schmeckte das gut. Da lief mir immer das Wasser im Munde zusammen.

Aber auch Fisch oder bestimmte Leckerlis verachte ich nicht.

Nachdem ich mich etwas eingelebt hatte bekam ich bei einem Telefonat, das meine Dienerin führte, mit, dass eine liebe Bekannte von ihr mich gerne sehen wollte.

Wollte man mich weiterreichen?

Mein Herz rutschte mir regelrecht in die Hose. Ich spitzte weiter meine Ohren. So weit wie ich das mitbekam, wollte sie am Wochenende mal hochkommen, um den „kleinen Moritz" zu sehen.

Ich und klein?

Ich richtete mich erst einmal auf und befand: „So klein bin ich nicht!"

Nun das Wochenende kam und damit auch der angekündigte Besuch. Ich hielt mich erst einmal zurück und blieb in den oberen Räumen. Sie wurde sehr herzlich von den Beiden empfangen. Scheinbar kannten die sich gut.

Plötzlich hörte ich, wie der Besuch meinen Namen rief:

„Na, wo ist denn der kleine Moritz?" „Ich habe dir auch etwas mitgebracht – leckere Naschereien!"

Oh, dass hörte sich nicht schlecht an!

Jetzt wurde ich neugierig!

Langsam und bedächtig lief ich die Treppe herunter und ging in den Wintergarten wo der Besuch an der Kaffeetafel saß. Als sie mich sah, rief sie aus:

„Oh, das ist aber ein hübscher Kater!"

Ich fühlte mich geschmeichelt.

Dann machte sie eine Tüte mit Leckerlis auf und reichte sie mir. Dies ließ ich mir nicht zweimal sagen und langte zu. Schnell waren die verputzt und ich forderte eine weitere Ladung, die ich auch prompt bekam. Dafür ließ ich mich auch von ihr streicheln, was sie sehr erfreute. In den Gespräch was die beiden mit ihr führten, erfuhr ich, dass sie noch über das Wochenende bleiben wollte.

Ferner hörte ich auch raus, dass sie eine „Ersatzdienerin" für mich sei, wenn die Beiden mal weg mussten. Dies kam aber zum Glück nicht oft vor. Am Abend bekam ich von ihr weitere Streicheleinheiten, leckere „Naschereien" und dies fand ich natürlich klasse!

Die nächsten Tage lernten wir uns weiter kennen und ich muss sagen, ich hatte keine Angst, wenn die Beiden mal unterwegs sein mussten und sie bei mir war. Ich wusste, hier bin ich in guten Händen.
Wochen später war es dann soweit. Die beiden mussten verreisen und sie kam zu mir, um mich zu umsorgen.

Ich glaube, dass ist das richtige Wort!

Sie umsorgte mich wie eine Mutter ihr Junges.

Dabei war ich ja schon ein alter Kater. Nur wenn ich spielen sollte, dann nahm ich Reißaus und zog mich zurück.

Aber die Kuschelstunden mit ihr am Abend, die genoss ich in vollen Zügen.

Dennoch war ich immer wieder froh, wenn meine geliebte „Dienerschaft" wieder gesund zurück kam und wieder eine Normalität im Tagesablauf eintrat. Denn mit der Zeit hatte ich mir auch einen gewissen Tagesablauf, abgestellt auf die Beiden, zurecht gelegt und jede Störung brachte den Ablauf durcheinander.

Zu den regelmäßigen Besuchern gehörten auch Jenny und Patrick, die ebenfalls Katzenliebhaber waren. Sie hatten einen Kater, der Felix hieß und eine Diva, die auf den Namen Ivar hörte. Besonders Patrick mochte ich sehr gerne, der es verstand, mich zu verstehen.

Meine Dienerin sagte immer zu ihm, das er ein „Katzenversteher" sei.

Wenn die beiden da waren, dann saß ich meist zwischen den beiden auf der Bank und bekam viele Streicheleinheiten.

Das war super!

Somit kann ich sagen: „Ich habe es auf meine alten Tage noch einmal super angetroffen und würde für kein Geld mein Heim eintauschen.

Hier bleibe ich bis zu meinem Ende und ich hoffe, dass dies noch lange dauern wird.

Der Wurst- und Käsedieb

Man gab mir den Titel:

„Der beste Wurst- und Käsedieb.“

Wie ich zu dem ehrenvollen Titel gekommen bin, weiß ich eigentlich nicht so recht. Aber ich habe ihn nun mal. Dabei habe ich gar nichts dafür getan.

Vielleicht führte die Tatsache zu diesem Titel, dass ich leidenschaftlich gerne Wurst und Käse liebe.

Wie kam es dazu?

Nun, meine beiden Diener waren so lieb und nett und konnten meinen Wunsch nicht widersprechen, dass ich, wenn die beiden zu Tisch saßen, zwischen ihnen sitzen konnte und etwas von den leckeren Sachen, die die beiden zu einer Mahlzeit einnahmen, abbekam. Dies wurde wurde zu meinem täglichen Ritual. Jeden Morgen, wenn die beiden ihr Frühstück gemeinsam einnahmen war ich mit von der Partie. Es gab nur ganz wenige Tage, wo ich dies verpasste. Dafür hatte ich eine Nase. Und mal ehrlich, da gab es leckere Sachen, die ich sehr gerne mit einem großen Hunger verputzte.

Aber je älter ich wurde und die ersten kleineren Probleme auftraten, bekam ich mehr und mehr eine Schonkost.

Die für mich so leckeren Sachen wurden in dieser Zeit von meinem Speiseplan gestrichen. So konnte ich oft nur mit schmachtenden Blick den leckeren Sachen nachschauen und musste mit meiner Schonkost vorlieb nehmen.

Aber dann gab es hier und da die Möglichkeit zu einem Zugriff. Meine Dienerin hatte sich gerade ein leckeres Brot mit einem wunderbaren Schinken belegt, als sie aufstand und noch etwas aus der Küche holen wollte.

Das war die große Chance für mich!

Mein Blick ging zu meinem Diener, der links von mir saß und intensiv einen Artikel in der Zeitung las.

Sie werkelte noch in der Küche herum und er war so sehr mit dem Artikel beschäftigt, dass er nicht merkte, wie ich mir blitzschnell, wie von einer Tarantel gestochen, das Brot mit dem Schinken schnappte und unter dem Tisch damit verschwand.

Schnell verschwand die große Schinkenscheibe vom Brot in meinem Bauch. Als ich gerade dabei war, die letzten Reste zu vertilgen, kam meine Dienerin aus der Küche zurück und bemerkte den Verlust ihres Brotes. Als sie mich so unschuldig unter dem Tisch sitzen saß, musste sie zuerst erst einmal schlucken, dann huschte ein Lächeln über ihre Lippen.

Und ab dieser Zeit hatte ich meinen Titel weg.

Dumm war nur, dass sie jetzt besser auf ihre Brote aufpassten, denn sie wussten ja, dass hier ein schneller Jäger auf seine Beute wartete.

Aber zu meinem Glück hatten sie das später wieder vergessen und so konnte ich des öfteren mir eine Scheibe vom Tisch klauen.

Mit der Zeit merkte ich, dass auch mancher Käse herrlich schmeckte. Ich bekam zwar ab und zu mal ein kleines Stückchen von meiner Dienerin ab, aber ich wollte gerne etwas mehr davon. Aber wie komme ich daran? Das war hier die große Frage. Immer wieder wartete ich auf eine günstige Gelegenheit, mir ein größeres Stück Käse zu organisieren.

Aber leider wurden mir diese Gelegenheiten immer wieder durch die Aufmerksamkeiten der beiden vermasselt. Aber ich gab die Hoffnung nicht auf.

Eines Morgens bot sich mir die Gelegenheit. Die beiden waren etwas spät dran und meine Dienerin musste sich beeilen, um zur Arbeit zu kommen. Er ging mit ihr zur Tür um sie zu verabschieden...!

Ich schaute die beiden an, wie sie sich in die Arme nahmen und einen sehr liebevollen Kuss gaben.

Aber was lag das noch auf seinem Brettchen?

Hmmmh... ein leckeres Käsebrot!

Das war die Gelegenheit!

Meine Dienerschaft war draußen und ich sah meine Chance, hier mir ein leckeres Käsebrot zu „krallen"!

Sekunden später war das Brettchen leer und ich saß unter dem Tisch und freute mich über meine Beute. Genüsslich machte ich mich darüber her. Das schmeckte mir super. Selbst die Butter leckte ich sauber von der Brotscheibe ab.

Sauber, sauber!

Als er wieder herein kam und mich sah, konnte er nur noch mit dem Kopf schütteln.
Schnell wurden noch ein paar Bilder von meiner Tat gemacht und die wurden dann auch noch verschickt, so das ich noch am Abend ein Gesprächsthema war.

In der kommenden Zeit wurden sie wachsamer und behielten ihre Brote im Auge oder sie wurden abgedeckt, so das es für mich kaum noch eine Chance gab, an die Versuchung heran zu kommen.

Kleine Anekdoten

Dana

Über eine Begegnung muss ich euch noch berichten. Es ist die Begegnung mit der Katze Dana unseres Nachbarn. Als ich gerade eingezogen war, sah ich sie zum ersten Mal am Fenster im Dachgeschoss unseres Nachbarn. Aber sie schien mich nicht zu bemerken oder sie tat so, als würde sie mich nicht sehen. Gut, dachte ich bei mir, dann lasse ich dich auch links liegen. Dabei glaubt sie wohl, dass sie eine Diva ist? Aber davon ist sie Meilenweit entfernt. Hin und wieder sah ich, wie sie durch unseren Garten lief, und an verschiedenen Stellen stehen blieb und auf irgendetwas wartete.

Auf den Bus? Ich weiß es nicht! Dann zog sie wieder weiter.

Wochen später ging meine Dienerin jeden Morgen und jeden Abend rüber zu den Nachbarn, um sie zu füttern, da die Nachbarn für einige Tage auf Urlaub waren. Scheinbar reichte ihr das nicht, denn plötzlich stand sie vor unserer Tür und wollte unbedingt hinein.

Sie miaute wie wild. Aber es war keiner da, der sie hörte.

Danach lief sie vor ein Fenster, wo ich sie sehen konnte. Sofort machte ich mich zu dem Fenster auf und fauchte wie wild. Aber davon ließ sie sich nicht beeindrucken. Sie schenkte mir nicht einen Blick. Mein Gott, was war die eingebildet. Glaubte sie, dass sie etwas besseres sei?

So lief sie die ganze Zeit um den Wintergarten herum und ich folgte ihr auf Schritt und Tritt und versuchte ihr klar zu machen, dass dies mein Reich sei und sie hier nichts zu suchen habe. Aber scheinbar muss sie schlecht hören, denn sie machte unentwegt weiter. Nach einer Stunde gab sie endlich auf. Jetzt hatte ich erst einmal Ruhe vor ihr. Dann kam meine Dienerin von der Arbeit zurück. Kaum war sie aus dem Auto ausgestiegen, stand sie vor ihr und miaute sie an. Mit aller Macht wollte sie ins Haus hinein. Aber meine Dienerin sprach ein Machtwort und sie zog dann mürrisch wieder ab. Ich war froh, dass sie dies endlich kapiert hatte, dass dies mein Reich war und ist.

Die Vase

Obwohl ich sehr gut erzogen bin und weiß, dass man nicht überall herumturnen kann, juckte mich eines Tages der Drang, mir eine bestimmte Stelle mal näher anzuschauen.

Denn in einer Ecke hatte ich etwas entdeckt, was sich des öfteren bewegte und dies weckte meine Neugierde.

Als alle ausgeflogen waren und ich die Stelle länger beobachtete hatte, fiel mir auf, dass sich diese Stelle dort sehr stark bewegte. Dies wollte ich nun mal näher untersuchen, was das ist.

Lange schaute ich mir einen Weg aus, den ich nehmen konnte, um an diese wirklich unzugängliche Stelle zu gelangen.

Vorsichtig erklomm ich einen Vorsprung auf einem Schrank, von dort aus ging es weiter über eine Stellage weiter zu einem Regal. Hier musste ich einen kleinen Satz machen, um auf die obere Abdeckung des Regals zu kommen.

Zum Glück stand hier nur ein geschlossener Karton drauf. Den konnte ich leicht überwinden. Dann wurde es schwierig. Um zu der Stelle hin zu kommen, musste ich noch eine voll gestellte obere Fläche eines Schrankes überwinden. Dies wurde heikel. Hier standen zahlreiche Vasen, die allesamt sehr wackelig auf diesem Boden standen.

Der Boden hatte auf Grund der Last, die er tragen musste, sich schon leicht durchgebogen.

Vorsichtig balancierte ich an den ersten beiden Vasen vorbei. Auch die nächsten Vasen konnte ich mit der größten Vorsicht hinter mir lassen. Jetzt hatte ich einen kleinen Platz, von wo aus ich die Stelle sehr gut beobachten konnte.

Da war eine Spinne, die hier ihr Netz hatte und gerade eine Fliege mit ihren Fäden verspannte. Sie hatte mich noch nicht bemerkt. Ich schaute noch einen Moment zu. Sie bemerkte mich nicht! Ich machte mich bereit zum Sprung.

Dann...

Ja, was dann kam... oh, oh...

Als ich los sprang und mit ausgestreckten Krallen die Spinne fangen wollte, hatte ich nicht bemerkt, dass ich mit meinem linken Fuß an eine Vase gestoßen war und sie sich langsam aber sicher auf einen Weg machte, der nur eins bedeutete:

Abwärts!

Die Spinne wurde aufgeschreckt und verschwand in eine kleine Spalte im Mauerwerk. Meine Krallen griffen ins Leere und ich fand dann auch keinen Halt mehr. Nur kurz konnte ich mich noch am glatten, äußeren Rand des Schrankes festhalten, aber dann gab es auch für mich nur noch das eine Wort:

Abwärts!

Während die Vase mit ihrem Inhalt, ich glaube, dass waren so kleine Tonteile, unten ankam und laut auf dem Boden aufschlug, machte ich es ihr nach. Ich kam auch unten an, allerdings nicht so lautstark wie die Vase. Ich hatte das Glück, dass ich auf vier Beinen landen konnte und so den Abgang ohne Schaden überstanden habe. Dies kann ich von der Vase nicht sagen. Sie zersprang in tausend Stücke. Ich schaute, dass ich schnell aus diesen Bereich heraus kam und verzog mich schnell nach oben. Kurze Zeit später kam meine Dienerin zurück. Sie sah die Bescherung nicht sofort.

Ich blieb erst einmal still oben liegen und tat so, als wäre nichts geschehen. Etwas später hörte ich einen Schrei und wie jemand fluchte.

Dann kam auch mein Diener nach Hause und sie erzählte ihm „brühwarm", was sie hier vorgefunden hatte. Ich hörte noch wie er zu ihr sagte: „Aber Schatz, vermutlich hast du die Vase nicht richtig dort oben abgestellt und es gab eine leichte Erschütterung, die sie herunter warf."

„Wer glaubt wird selig," gab sie ihm zur Antwort zurück. Dann kehrte sie die Bescherung weg.

Ich saß oben auf dem Bett und sagte zu mir: „Der Mann hat recht!"

Erst als es Abendbrot gab, machte ich mich langsam auf dem Weg nach unten.

Die Dusche

Ein besondere Begegnung hatte ich mit einem Teil oder Bereich im Bad. Als meine Dienerin mal in jenem Bad sich fertig machte, schaute ich voller Neugierde in dem Raum hinein. Vorsichtig richtete ich mich auf und lehnte mich an die Türe, die auch sofort ihren Widerstand aufgab und mir den Zugang freimachte. Aber wo war meine Dienerin? Hinter einem Vorhang, der eine kleine Ecke abdeckte, hörte ich, wie Wasser auf dem Boden prasselte. Ich ging vorsichtig auf eine Stelle zu, um einen Wassertropfen, der sich nach draußen verirrt hatte, aufzufangen. Dies musste meine Dienerin gemerkt haben oder sie war gerade fertig geworden mit dem Duschen, wie sie es nannten.

Jetzt weiß ich nicht, ob es Absicht oder nur Pech war. Jedenfalls zog sie den Vorhang zurück, die Brause lief noch und ich machte vor Schreck einen kleinen Sprung nach vorne, direkt in die Dusche hinein. Hier war ich ja schon öfters bei meinen „Inspektionen" gelandet. Aber diesmal... oh, oh... diesmal lief noch die Dusche und ich stand mitten darunter. Bis ich dies registriert hatte, war es schon zu spät und ich war nass wie ein begossener Pudel. Dies mochte ich gar nicht! Ich war so perplex, dass ich einfach sitzen blieb und das Wasser, welches von oben kam, an mir herunterlief.

Das muss ein Bild für die Götter gewesen sein, denn meine Dienerin lachte aus vollem Halse.

Ich konnte ihr nur einen vorwurfsvollen Blick nach werfen. Aber dann reagierte sie schnell, nahm ein Handtuch vom Halter, packte mich, setzte mich auf einen Stuhl und dann wurde ich regelrecht „abgerubbelt". Dies fand ich aber gar nicht so schlecht. Bei dem ganzen Malheur stellte ich fest, dass das Wasser aus dieser Brause doch nicht so schlecht schmeckte, wie ich dachte. Dabei kam mir ein Gedanke...!

Was wäre, wenn ich meine Dienerschaft dazu animieren könnte, wenn ich Durst habe, dass sie mir die Dusche aufdrehen, damit ich trinken kann?

Nach einigen vergeblichen Versuchen hatte es mein Diener verstanden, was ich wollte.

Er ging zu Dusche, drehte den Hahn auf und lies das Wasser laufen, welches sich unten auf dem Boden sammelte und dann wieder verschwand in einem Ablauf nahe der Wand. Er sagte dann immer zu mir: „Na, mein lieber Moritz, worauf wartest du? Wenn du dich nicht beeilst, dann ist das Wasser weg." Aber ich war ja vorsichtig geworden und wollte nicht noch einmal nass werden. So wagte ich mich nur sehr langsam an den inneren Bereich der Dusche heran. Am Anfang zögerte ich zu lange und weg war das Wasser. Da musste ich wieder miauen und hoffen, dass er noch einmal kommt und das Wasser noch einmal für mich aufdreht. Später war dies kein Problem.

Aber eins habe ich dann geschafft:

Ich konnte meiner Dienerschaft sehr schnell klarmachen was ich wollte! Und was soll ich euch sagen? Sie hatten mich verstanden!

So hatte ich einen großen „Trinkpott" und nicht so eine kleine Schale, wie es meine Vorgänger hatten.

Beim Töpfern

Meine Dienerschaft hat so ein komisches Hobby, was die beiden ab und zu mal betreiben. Wie soll ich euch das beschreiben, was die da treiben. Also zuerst wird der große Tisch im Wintergarten leergeräumt.

Dann kommt so etwas ähnliches wie eine Plane auf diesen Tisch, danach werden die notwendigen Hilfsmittel hervorgeholt und auf dem Tisch platziert. Dann wird so ein unförmiger Klumpen „Erde", ich glaube sie nennen es auch Ton, auf den Tisch gelegt und jeder nimmt sich ein Stückchen davon.

Dann wird dieses Stück Ton auf den Tisch geworden, was einen unheimlichen Krach machte. Dies geschah mehrmals hintereinander.

Sie sprachen davon, damit man aus dem Ton die Luft herausholt. Weiter geht es dann mit dem modellieren des Tons. Da wird entweder etwas ausgestochen oder etwas von Hand geformt.

So entstehen zahlreiche Modelle.
Bei dieser Arbeit wollte ich immer gerne bei meinen Lieben sein und suchte mir ein Plätzchen auf einem freien Stuhl. Nach einigen Stunden, der Tonklumpen war bereits aufgebraucht und die Ablagefläche war schon sehr gefüllt, wollte ich zu meiner Dienerschaft, um ihr mitzuteilen, dass ich Hunger habe. Ich bin dann von dem Stuhl, auf dem ich lag, auf den Tisch und wollte zu meiner Dienerin.

Dabei musste ich aber etwas unvorsichtig gewesen sein und lief über die fertigen, allerdings noch weichen, Tonmodelle. Zwei Modelle drückte ich etwas zusammen und bei weiteren gab es Abdrücke von meinen Tatzen. Sie waren sehr deutlich zu erkennen.

Jetzt gab es Christbaumschmuck mit einem Pfoten-Abdruck von mir. Aber anstatt darüber wütend zu sein, meinte mein Diener:

„Wir sollten dies so lassen und auch so mit dem Abdruck verkaufen, vielleicht findet man ja Liebhaber dafür."

Dann wurden die Sachen gebrannt und später mehrfach mit einer Farbe bemalt.

Nach einer gewissen Trocknungszeit ging es dann zum nächsten Brand. Nach weiteren 24 Stunden waren die Tonsachen fertig und konnten für den Verkauf fertiggemacht werden.

Eine Woche später war es dann soweit und die Beiden gingen auf einen Markt, um dort die Sachen zu verkaufen.
Als sie zurückkamen, strahlten beide über beide Ohren und sagten zu mir:

„Lieber Moritz, all deine „Schandtaten" haben wir verkauft!"

Ich glaube, ich sattle um und werde jetzt Künstler!

Tonkünstler!

Das Foto

Ich habe zwar schon einige Bilder, meist kleine Fotografien, die irgendwo im Umfeld der Schreibtische, entweder standen oder hingen, gesehen. Aber eines Tages war ich doch mehr als baff. Ich glaubte meinen Augen nicht mehr zu trauen!

Was war geschehen?

Ich weiß, dass ich die Herzen meiner Dienerschaft im Sturm erobert hatte und ich ihr kleiner, geliebter Prinz Moritz war. Aber dies hätte es doch unbedingt nicht sein müssen.

Eines Tages, ich glaube es war so Anfang Dezember, als ich von den beiden mehrfach abgelichtet wurde.

Hier wollte ich mich gerade noch verstecken, aber der „Knipser"
war einfach schneller!

Dabei sollte ich mich immer in einer bestimmten Pose aufrichten. Aber wer tut das schon? Ich bestimmt nicht! Daher waren alle Bemühungen der Beiden zum scheitern verurteilt. Mein Diener, der ja öfters und mehr zu Hause war, versuchte es immer wieder, mich abzulichten.

Mal hatte er mich nur halb drauf, weil ich aus dem Bild gelaufen bin.

Mal hatte ich nicht die richtige Pose eingenommen, weil ich mich schon wieder bewegt hatte und das Bild nichts geworden war.
Aber er war sehr hartnäckig. Er folgte mir auf Schritt und Tritt. Meist tat er so, als wäre dies auch sein Weg gewesen.

Da wollte er mir etwas vormachen. Als wenn ich das nicht gemerkt hätte. Aber immer hatte er sein Handy in der Hand und hoffte auf eine vernünftige Pose von mir. Diese Chance gab ich ihm nicht. So vergingen einige Tage ins Land.
Ich glaube, an einem Freitag ist es dann passiert. Ich war gerade auf dem Weg zu meinem Fressnapf hin, als mir einer, ich denke das war er, ein paar Leckerlis hinwarf. Die ließ ich natürlich nicht links liegen.

Allerdings waren dies nur ein paar Stück, die ich sehr schnell aufgegessen hatte. Also richtete ich mich auf und wollte noch einen Nachschlag einfordern. Aber dabei machte ich den Fehler, auf den er gewartet hatte.

Plötzlich blitzte es und ich war abgelichtet worden. Am Abend sprachen die Beiden zusammen und fanden, dass dies das beste Bild für die Aktion sei!

Ich hörte nur noch die Worte:

„Bild" - „Aktion" und fragte mich:

„Was soll das werden?"

Einige Tage später sah ich die Aktion. Ich traute meinen Augen nicht. Da hing ein Abbild von mir an der Wand, als wenn mich einer gemalt hätte. Das war also die Aktion!

Jetzt hänge ich über der Couch und schaue auf die Beiden!

Da hänge ich nun, in einer Pose
schön und fein!

Silvester

Da gibt es immer zu einer bestimmten Zeit ein Ereignis, welches meine Dienerschaft „Silvester" nennt. Ich habe dies zwar schon zig Mal erlebt, aber so schlimm wie dies im letzten Jahr war, habe ich es bisher nicht erlebt.

In den Jahren zuvor war meine Dienerschaft an diesem Tag immer zu Hause geblieben und ich fühlte mich sicher. Aber an jenem Silvester war das anders. Meine Dienerschaft machte sich so am späten Nachmittag fertig, in anderen, vornehmen Kreisen würde man sagen:

„Sie machen sich fein",

und fuhren dann weg.

Sie mussten zu einer Veranstaltung. Ich glaube, sie gingen in ein Theaterstück, dass in Neuenburg, von der dortigen Theatergruppe aufgeführt wurde.

Also blieb ich allein zu Hause. Mein Fressnapf und mein Wasserspringbrunnen wurde ordentlich aufgefüllt und ein paar Leckerlis wurden ebenfalls an verschiedenen Stellen platziert. Es sollte mir ja an nichts fehlen. Ich wurde noch einmal liebevoll gestreichelt und erhielt den Hinweis:

„Wir sind bald wieder zurück!"

Dann fiel die Türe ins Schloss. Nun gut, ich machte mich auf nach oben, legte mich gemütlich auf`s Bett, kuschelte mich in eine Decke und schlief ein.

Irgendwann wurde ich wach und verspürte ein leichtes Hungergefühl. Ich verließ meine Schafstelle und ging wieder nach unten. Zuerst leerte ich mal den Fressnapf. Oh, da hatte meine Dienerschaft mir etwas sehr leckeres hinein gepackt. Frisch gestärkt machte ich noch eine kleine Runde durch die Räumlichkeiten und dabei fand ich auch eine Stelle, die mit Leckerlis versehen war. Blitzschnell wurde auch diese Stelle geräumt. Aber soweit ich mich erinnern konnte, hatten die Beiden noch an weiteren Stellen diese Leckerlis ausgelegt. Jetzt folgte ich meiner feinen Nase und fand mit sicherem Gespür weitere Stellen. Auch diese wurden leergeräumt.

Nachdem ich keine Stellen mehr fand, ging ich wieder nach oben und legte mich in meine Kuhle auf dem Bett. Noch einmal die Ohren gespitzt und dann fiel ich auch schon in einen tiefen Schlaf.

Ich träumte von wilden Jagden hinter Mäusen her, von Auszeichnungen meiner Dienerschaft für die hervorragenden Leistungen bei der Mäuse – Jagd.

Ich war gerade hinter einer Maus her, als mich ein schwerer Donnerschlag schlagartig regelrecht zusammen zucken ließ. Wie gelähmt stand ich senkrecht im Bett, ließ die Jagd nach der Maus sein und hörte im ersten Moment nichts.

Ich wollte mich gerade wieder hinlegen, als mich ein zweiter, noch heftigerer Donnerschlag wieder in die Senkrechte jagte und mein Herz zum Beben brachte.

Was war das gewesen?

Ich wusste nicht was ich tun sollte. Vorsichtig verließ ich mein Bett und ging auf Zehenspitzen, oder sollte ich doch lieber sagen, auf Katzenspitzen nach unten. Es war dunkel und still. Kaum war ich unten, da ging die Hölle los. Von überall hörte man ein Gepfeife, ein Zischen, ein Knallen und dann wieder diese fürchterlichen Donnerschläge, die alles erzittern ließen. Selbst die Tassen im offenen Regal zitterten wie wild. Zum Glück blieben sie stehen.

Ich hatte das Gefühl, dass der Himmel sich plötzlich in vielen Farben erhellte. Ich sah viele helle Lichter, die in den Himmel stiegen, plötzlich gab es einen Knall, die Lichter wurden mehr und mehr, um dann wieder nach unten zu fallen und aufhörten zu leuchten. Auf der einen Seite sah dies doch recht schön aus, aber auf der anderen Seite waren da auch noch die vielen Donnerschläge, die mir durch Mark und Bein gingen. Da gab es dann scheinbar auch ganze Batterien, die sich anhörten, als wenn man mit einer Maschinenpistole schießen würde. Mittlerweile zog auch ein eigenartiger Geruch durch die Bude. Es roch nach etwas Verbrannten. Auch Nebel ähnliche Schwaden zogen am Fenster vorbei. Über eine Stunde ging diese Knallerei.

Dann wurde es ruhig und ich hörte Stimmen, die von der Straße kamen. Ich ging zu einem der Fenster, die zur Straßenseite lagen.

Unten konnte ich nicht viel sehen, da die Fensterplissee mir den Ausblick verwehrten. Ich ging nach oben, da hatte ich einen guten Blick, von der Fensterbank aus, auf die Straße. Zum meinem großen Glück war unterhalb der Fensterbank ein Heizkörper, der mir meinen Po wärmte und auch die Marmorplatte der Fensterbank, die mir eine längeres Sitzen angenehm machte.

Unten sah ich ein paar der Nachbarn, wie sie beisammen standen und sich ein frohes neues Jahr wünschten und mit den Gläsern anstießen auf das neue Jahr.

In der Ferne sah ich noch zahlreiche Lichter wie sie hoch gingen, um dann zu verglühen. Ich saß noch lange an dem Fenster und folgte den einzelnen Lichter die noch hier und dort in den Himmel aufstiegen.

Auf der Straße unter mir war es mittlerweile ruhig geworden. Alle waren wieder in ihre Wohnungen gegangen.

Ich wollte mich gerade wieder hinlegen, als ich ein Auto in unsere Auffahrt einbiegen sah. Meine Dienerschaft kam wieder zurück. Schnell machte ich mich auf dem Weg nach unten, um sie gebührend zu empfangen. Ich freute mich riesig, dass sie wieder da waren.

Sie saßen noch kurz beieinander, tranken etwas und dann gingen sie auch ins Bett.

Ich folgte ihnen brav und wir schliefen bis weit in den späten Vormittag hinein – tief und fest!
Wisst ihr, wo von ich träumen musste? Natürlich von den vielen bunten Lichtern, die ich am Himmel gesehen hatte. Wie sie aufstiegen, dann regelrecht zerplatzten, auseinander flogen, sich verteilten und dann langsam verlöschend wieder in Richtung Boden niedergingen. Das war schon ein tolles Schauspiel.
Nur diese fürchterlichen Donnerschläge mag ich ja absolut nicht. Jedes Mal wenn so einer losging, dann wurde ich regelrecht durchgeschüttelt, mein Gehör verweigerte sich und ich zitterte noch eine ganze Zeit danach am ganzen Körper.

Zum Glück geschieht dies ja nur einmal im Jahr!

Der Drucker

Neben dem Schreibtisch von meinem Diener, dort wo meist ich neben ihm sitze und ihm beim Schreiben über die Schulter, oder sollte ich lieber, über die Hände schauen, sagen, steht auf einem kleinen Schränkchen ein komisches Gerät.

Manchmal, wenn er etwas geschrieben hat, dann stellt er das Gerät an einem Knopf an und etwas später gibt dieses Gerät einen Laut von sich , dann hört man, wie sich innerhalb des Gerätes etwas bewegt und dann kommt vorne etwas Weißes heraus.

Ich war und bin von diesem Geräte regelrecht fasziniert und jedes Mal wenn ich dieses Startgeräusch höre, dann kann ich gerade sein wo ich will, ich muss sofort dort hin.

Vorsichtig springe ich dann auf dem Schreibtisch, der neben diesem Gerät steht, hier arbeitet meine Dienerin in der Regel dran, und schleiche mich ganz nahe an das Gerät heran. Dann folge ich gespannt den Geräuschen, welches das Gerät von sich gibt und verfolge mit Argusaugen, wie kurze Zeit später die weißen Blätter, mit einer Schrift versehen, aus dem Gerät heraus kommen.

Eines Tages, mein Diener hatte mal wieder etwas geschrieben auf seinem Laptop, als er etwas ausdrucken wollte, wie er sagte. Ich glaube, daher wird das Ding auch Drucker genannt.

Aber diesmal war etwas anders. Er stand auf, ging zu dem Schrank, der hinter dem Schreibtisch an der Wand steht und öffnete ein Fach. Aus diesem Fach holte er einen Packen weißes Papier hervor, ging damit zu dem Drucker, öffnete im unteren Bereich des Druckers eine Lade und legte den Packen des weißen Papieres dort hinein. Danach drückte er die Lade wieder in das Gerät zurück. Auf einem Display drückte er ein paar Tasten und dann machte dieses Gerät erst einmal einige Geräusche. Gespannt hörte ich dem zu.

Und dann ging es los. Regelrecht gebannt schaute ich den Blättern nach, die aus diesem Gerät kamen und sich auf einer ausgezogenen Fläche ablagerten.

Dieser Vorgang schien nicht enden zu wollen. Das Gerät arbeitete und arbeitete wie wild und ein Blatt nach dem anderen kam unten heraus.

In bestimmten Abständen nahm mein Diener die ausgeworfenen Blätter von der Ablage herunter und legte sie zur Seite. Unterdessen lief der Drucker weiter und warf ein Blatt nach dem anderen heraus.

Plötzlich kam ein anderer Ton zu Wort. Den hatte ich vorher noch nicht gehört.

Was sollte dies nun bedeuten?

Ein Defekt?

Mein Diener stand auf, ging zu dem Gerät, holte die Lade heraus, legte sie zur Seite und ging wieder zu dem Schrank, öffnete das Fach, wo er schon einmal dran war und holte wieder einen Packen von diesem weißen Papier heraus, den er dann wieder in diese Lade legte und diese wieder in das Gerät schob. Dann wurden wieder zwei oder drei Tasten auf dem Display gedrückt, der Drucker nahm seine Arbeit wieder auf und spuckte weitere Blätter wieder aus.

Dies ging eine Weile gut. Dann jedoch gab es einen ganz neuen Ton, den dieses Gerät von sich gab.

Alles stand plötzlich still! Kein Blatt kam mehr heraus und auch der Drucker war still geworden.

Mein Diener schaute auf das Display und murmelte in seinem hellgrauen Bart hinein:

„Verdammt, gerade jetzt gibt es einen Papierstau. Ausgerechnet jetzt, wo ich den nun wirklich nicht gebrauchen kann."

Er stand auf, öffnete das Oberteil des Druckers und griff hinein. Nach einigen Flüchen, die ich hier nicht wiederholen möchte, da sie nicht ganz Stubenrein sind, holte er ein Stückchen Papier aus dem Inneren des Druckers heraus.
Er fluchte weiter, da noch ein großer Teil des Blattes im Gerät war. Er holte sich eine Pinzette, um besser an einem Zipfel des Blattes zu gelangen. Aber er erwischte nur einen kleinen Fetzen.

Er fluchte und fummelte weiter in dem Gerät herum.

Eine Viertelstunde später hatte er unter weiteren nicht ganz stubenreinen Flüchen, es fast geschafft, auch den Rest des Blattes zu entfernen.

Ich nutzte die Gelegenheit und warf einen flüchtigen Blick in das Gerät hinein und musste stauen, was ich da sah. Ich wunderte mich, dass ein solches Gerät, mit einem solchen Innenleben, hier etwas ausdrucken kann.

Aber noch konnte er nicht einen erneuten Start des Gerätes machen, da noch ein kleines Stück des Blattes im Gerät war.

Nach einer weiteren, längeren Fummelei mit der Pinzette und einer Schere bekam er das restliche Stück des Blattes zu fassen und konnte es heraus ziehen. Danach öffnete er noch einmal die untere Lade und schaute nach dem Packen Papier. Holte den Packen hervor, ließ ihn noch einmal durch seine Hände gleiten und legte ihn wieder in das Fach hinein. Anschließend schob er die Lade wieder in das Gerät hinein. Dann wurde auch der obere Deckel wieder verschlossen und zwei oder drei Tasten auf dem Display gedrückt und der Drücker machte wieder seine bekannten Geräusche und nahm die Arbeit wieder auf.

Zahlreiche Blätter warf er dann wieder ohne Probleme aus.

Nachdem mein Diener noch zweimal das Ablagefach geleert hatte, war auch der Druckvorgang beendet. Die ausgedruckten Blätter wurden anschließend gelocht und in eine Mappe oder Ordner, wie man sagt, abgeheftet.

Da ich jetzt weiß, wie man einen Papierstau behebt, kann ich beim nächsten Papierstau meinen Diener helfen, in dem ich mit meinen Krallen versuchen kann, dass Papier aus dem Inneren zu fischen. Ich glaube, da bin ich geschickter als mein Diener!

Das Wollknäuel

Auch so eine Sache mit der ich leben musste. Meine Dienerin hat so ein komisches Hobby.

Ich glaube, bin mir aber da nicht so sicher, ob man dies jetzt häkeln oder stricken nennt. Auch mein Diener hat da so seine Schwierigkeiten dies zu unterscheiden.

Wenn ich das so richtig mitbekommen habe, dann hängt dies von der Benutzung irgendwelcher Nadeln (?) ab, um welche Arbeit es sich handelt. Für mich ist dies völlig egal, ob das nun häkeln oder stricken heißt, auf jeden Fall muss man ein Garn haben.

Also, meine Dienerin, nutzt jede Gelegenheit eben zu dieser Tätigkeit und fertigt eine Sache nach der anderen.

Mal wird da eine Decke gemacht...

Apropos Decke:

Stellt euch mal vor, da hat sie eine sogenannte Tagesdecke für das große Doppelbett gemacht und diese in verschiedenen Farben. Diese Farben sollen den Temperaturverlauf eines Jahres aufzeigen. So kann man sehen, wie das Wetter 2018 war. Kühles Blau steht für Kälte und Rottöne für Wärme. Dabei soll es noch Unterschiede in der Maschen-Form geben, die anzeigen, ob es auch an dem Tag geregnet hat. Die Decke besteht aus 365 Reihen! Also für jeden Tag eine Reihe und je nach Temperatur die entsprechende Farbe. Rein theoretisch könnte man sagen, wie der 25.6.2018 ausgesehen hat.

Warm oder Kalt, regnerisch oder trocken.

Verrückt – oder?

Aber so ist sie halt.

Dann macht sie für sich irgendwelche Kleidungsstücke, wie Schals, Röcke oder Jacken. Da werden auch unterschiedliche Garne genommen. Mal grob, mal feine Garne.
Letztens hatte sie so ein ganz feines Garn und war dabei, sich ein Schultertuch zu häkeln oder stricken.

Jetzt sitze ich immer abends bei ihr auf ihrem Schoss und genieße ihre Nähe und ihre Streicheleinheiten.

Dabei „arbeitet" sie mit dem Garn. Manchmal konnte ich diese Arbeit unterbrechen, in dem ich mit meinen Krallen, das Garn festhielt und sie so nicht weiterarbeiten konnte. Aber in diesem Falle, hatte sie ein Garn, dass so fein und dünn war, dass ich es einfach nicht zu fassen bekam. So wuchs der Schal ohne Unterbrechung.

Eines Abends lag ich wieder bei ihr auf der Couch und sie arbeitete munter an ihrem Schal, als ich plötzlich durch ein mir unbekanntes Geräusch aufgeschreckt wurde.

Ich sprang hoch und wollte von der Couch herunter, dabei trat ich aus Versehen auf den Schal und blieb, was natürlich passieren musste, mit meinen Krallen in dem Schal hängen.

Ich versuchte mich davon zu befreien, aber ich kam einfach nicht los aus dieser Ansammlung der vielen Maschen, die auch noch sehr locker gehäkelt oder gestrickt waren. Je mehr ich mich bewegte, desto mehr verstrickte ich mich in die Sache. Meine Dienerin versuchte mir zu helfen, aber in meiner Panik versuchte ich verzweifelt aus diesem Schlamassel heraus zu kommen. Aber anstatt mich zu befreien, wurde ich immer mehr das Opfer des Schals. Meine Dienerin versuchte mich festzuhalten, was aber in diesem Moment gar nicht so einfach war. Ich wehrte mich dagegen. Ich wollte einfach nur frei sein!

Aber ich hatte keine Chance dazu.

Denn umso mehr ich mich bewegte, desto mehr wurden meine Krallen von dem Garn umschlungen. Es war ein widerliches Garn. Manchmal hat man ja Stoffe, die einem überhaupt nicht behagen. Dies war so ein Stoff, den ich nicht mochte.

Verzweifelt versuchte ich von dem Schal loszukommen, aber es war einfach unmöglich davon zu kommen. Hat ich gerade mal eine Kralle freibekommen, hing ich mit der anderen umso tiefer drin. Meine Dienerin versuchte ihren Schal festzuhalten, ich versuchte von ihm zu kommen.

Das war ein Bild für die Götter.

Ich versuchte meine Krallen weit nach oben zu bekommen, zog aber dabei unwillkürlich einen Faden nach dem anderen aus diesem Geflecht von Fäden heraus.

Mit Zeit bekam die Oberfläche des Schals eine ganz neue Struktur. Mit der Zeit schaffte ich dann einen Fuß nach dem anderen aus diesem Geflecht zu befreien. Bei vier Füßen dauerte das eben etwas länger. Und hatte man einen Fuß gerade befreit und man machte eine unbedachte Bewegung, stand man prompt wieder in dem Geflecht des Schales.

Aber mit vereinten Kräften gelang es uns, dass ich mich nun endgültig befreien konnte.

Aber wie sah jetzt der Schal aus?

Es war ein wildes Gewirr von Fäden und die Form eines Schales konnte man nun wirklich nicht mehr erkennen.

Meine Dienerin machte ein trauriges Gesicht und ihre mühevolle Arbeit war dahin. Ich schmiegte mich an sie, als wollte ich mich für meine tolpatschige Ungeschicklichkeit entschuldigen.

Sie nahm mich in ihre Arme und sagte zu mir:

„Mein kleiner Moritz, das kann mal vorkommen und immer mal passieren. Ein bisschen Verlust gibt es immer!"

Dann kraulte sie mich liebevoll und ich war dann beruhigt, dass sie mir nicht mehr böse war.

Den „Schal" konnte sie entsorgen, so sehr hatte ich drin herum gewütet.

Keine zwei Tage später hatte sie sich ein neues Garn besorgt und fing wieder an, einen neuen Schal zu stricken oder zu häkeln.

Jedes Mal wenn sie an diesem Schal dran war, hielt ich einen großen Sicherheitsabstand und hoffte, dass sie damit schnell fertig wurde und eine neue Sache anfing.

Der zweite Kratz-Baum

Bisher hatte ich ja meinen eigenen Kratz-Baum, den ich immer sehr gerne benutzt habe. Hier konnte ich bis an die Decke kommen. Im oberen Drittel habe ich noch eine tolle Liegefläche, von der ich eine hervorragende Übersicht über den Wintergarten habe.

Als mein neuer Freund Balu bei uns einzog, brachte er auch gleich seinen eigenen Kratz-Baum mit.
Natürlich wurde der auch gleich bei seinem Einzug aufgebaut.

Ich schaute ihn mir sofort ganz genau an.

Hier liegen wir beide einträchtig nebeneinander.

Ich kam aber höher!

Im unteren Bereich hatte er zwei runde Höhlen, die sehr behaglich waren. Darüber folgten zwei kleine Liegekuhlen, die ähnlich meiner waren, wobei meine größer waren.

Hier konnte man sich regelrecht verstecken, so das man schon sehr genau hinschauen musste, um mich zu entdecken. Für meinen Balu, der ja doppelt so dick und schwer ist wie ich, schienen diese Liegekuhlen doch etwas zu klein sein.

Als Balu mal unterwegs war, machte ich eine gründliche Inspektion von dem neuen Kratz-Baum. Die Höhlen waren für mich genau richtig. Ich hatte viel Platz und konnte mich super verstecken. Auch in den Liegekuhlen lag ich hervorragend. Also eine tolle Sache!

Als Balu mal wieder mit mir spielen wollte und mich durch die ganze Bude jagte, suchte ich unbedingt eine Stelle, wo er mich nicht so schnell finden konnte. Ich überlegte kurz und hatte dann eine Stelle ausgemacht, die ich für sicher befand.

Dazu musste ich aber den Balu erst einmal von dieser Stelle weglocken.

Aber wie?

Ich versuchte an ihm vorbei zu kommen, was aber nicht einfach war, da er mir den Weg durch die Türe versperrte. Also ging ich zuerst langsam zu meinem Wasserspiel und tat so, als wenn trinken würde. Ich behielt ihn aber im Auge.

Als ich dann sah, dass er tief geduckt auf mich zu robbte, ließ ich ihn zunächst gewähren. Als er eine gewisse Nähe erreichte, nahm ich meine vier Pfoten hoch und raste an ihm vorbei. Er schaute mir nur noch verdutzt nach. In ein paar Meter Entfernung blieb ich stehen und tat so, als wenn ich bereit wäre für eine Jagd. Er schaute zu mir rüber und duckte sich, als Zeichen eines schnellen Sprunges. Ich tänzelte etwas umher und als ich merkte, dass er zum Angriff ansetzen wollte. Ich lief einmal um den kleinen Couchtisch herum und sprang dann mit einem gewaltigen Satz auf die Couch. Er hatte Mühe die Kurve zu kriegen. Als er vor der Couch zum Halten kam, traute er sich nicht auf die Couch hinauf.

Wieder tänzelte ich vor ihm hin und her und er überlegte, wie er mich kriegen konnte. Damit ich meinen Fluchtweg nutzen konnte, musste er aber auf die Couch kommen, um mir einen Vorsprung zu sichern. Ich reizte ihn also weiter und dann tat er das, was ich wollte.

Ich hatte ihn auf der Couch.

Die Decke, die hier auflag, war nicht gerade freundlich zu unseren Krallen. Als er hinter mir her wollte, blieb er mit einer Kralle in der Decke hängen und dies war meine Chance. Ich nahm den Weg über eine kleine Mauer, von dort aus ging es weiter über die vorgelagerte Küchenspüle. Anschließend ging es hinunter auf den Boden und von dort aus weiter in den Wintergarten hinein.

Währenddessen versuchte Balu seine Kralle freizubekommen, was ihm aber so schnell nicht gelang. So hatte ich genügend Zeit eine der Höhlen des neuen Kratz-Baumes aufzusuchen und mich darin zu verkrümeln.

Balu kam erst nach einiger Zeit frei und suchte mich zuerst in der Küche, wo er mich ja nicht entdecken konnte. Auch im Wintergarten suchte er nach mir. Es dauerte eine ganze Zeit bis er mich in seiner Höhle fand. Er setzte sich vor dem Kratz-Baum und fing an zu fauchen. Ich machte ihm klar, dass ich jetzt hier und heute Besitzer dieser Höhle bin und er sich verziehen sollte. Er blieb noch eine Weile dort sitzen und verzog sich dann ins Wohnzimmer, wo er einen Sitzhocker in Beschlag nahm.

Nach Stunden, nachdem ich noch einmal einen kleinen Schönheitsschlaf eingelegt hatte, war es Zeit einen Stellungswechsel vorzunehmen. Langsam und vorsichtig kletterte ich aus meiner Höhle hervor, lief auf leisen Pfoten durch den Wintergarten und durch die Küche.

Als ich ihn dann im Wohnzimmer auf dem Hocker liegen sah und bemerkte, dass er tief und fest schlief, konnte ich ohne Gefahr an Balu vorbeilaufen und mich auf den Weg nach oben machen.

Damit hatte ich dann für diesen Tag meine Ruhe!

In den nächsten Tagen nutzten wir beide den Kratz-Baum. Meist lag aber Balu lieber auf meinem Baum, da dort die Liegekuhlen größer waren und er so mehr Platz hatte, während ich auf seinem Baum in der Liegekuhle lag.

So hatten wir uns verständigt, dass wir beide diese Bäume benutzen können.

Ja, da musste ich als alter Kater dem jungen „Spund" erst einmal zeigen, wer hier Herr im Hause ist und das man mit Köpfchen weiter kommt, als mit purer Kraft und blinden Aktionismus.

Der Fliegenjäger

Ich hoffe, dass ich einmal als großer Fliegenjäger in die Geschichte eingehen werde.

Warum ich mir das Wünsche?

Nun ja, ich habe dies einmal in einem Western gesehen, wo ein Cowboy, der ganz in schwarz gekleidet umher lief, und nach einem Duell in den Griff seines Colts eine kleine Kerbe machte, um seinen Ruf als Revolver – Held zu sichern.

Er hatte, soweit ich das sehen konnte auf beiden Seiten seines Griffes zahlreiche Kerben.

Und da ich ebenfalls ein großer Fliegenfänger bin, habe ich mir gedacht, ich folge diesem Beispiel und mache mit meiner Kralle immer dann einen Kratzer auf einer Holzplatte im Büro meines Dieners, wenn ich eine Fliege gefangen habe. Mit der Zeit kamen einige Kratzer hinzu.

Aber eines Tages gab es ein kleines Problem mit einer sehr lästigen Fliege, die mir doch einiges Kopfzerbrechen machte und das kam so:

Ich lag gemütlich in meinem Moritz-Bett und döste in den Tag hinein. Ich war allein und meine Lieben waren mal wieder auf Tour. Sie sollten erst am Nachmittag wieder zurück kommen.

Also nutzte ich die Gelegenheit zu einem faulen Tag. Aber es sollte ganz anders kommen.

Ich hatte die Augen geschlossen und döste so vor mich hin, als mich eine Fliege anflog und mich regelrecht angriff. Immer wieder flog sie auf mich zu und war recht angriffslustig. Ich hatte das Gefühl, dass sie Lust hatte, mich zu ärgern.
Nachdem ich sie wiederholt verjagt hatte und für ein paar Minuten meine Ruhe hatte, hörte ich wieder ihr leises Brummen. Ich spitzte meine Ohren und lauschte, wo sie hin flog. Sie flog direkt auf mich zu. Ich machte mich bereit zuzuschlagen.

Der erste Schlag ging ins Leere. Ich hatte das Gefühl, dass die Fliege mich auslachte.

Sie wurde immer frecher und flog regelrechte Angriffe auf mich. Ich richtete mich auf und wartete auf den nächsten Angriff. Da kam auch schon der nächste Anflug. Ich machte mich bereit zur Abwehr. Sie kam und ich sprang auf sie zu. Ich glaubte, ich hätte sie schon erwischt, als ich im Augenwinkel sah, wie sie laut lachend weg flog. Jetzt wurde ich richtig wütend. Ich folgte ihr in die Küche. Auf der Arbeitsplatte stolzierte sie umher und lachte sich über mich kaputt. Ehe sie sich versah, war ich ebenfalls auf der Arbeitsplatte gelandet. Da war sie aber mehr als baff. Jetzt wurde sie etwas blass und versuchte zu entkommen. Aber da hatte ich schon zu einem Angriff angesetzt und rutschte über die glatte Platte in die Spüle hinein.

Sie wechselte die Stellung und lachte im Stillen über mich. Ich dachte bei mir:

„Ich werde dich schon kriegen, koste was es wolle!"

Die Jagd ging weiter. Auf der Ablage standen ein paar Gläser. Hier ließ sie sich nieder und grinste mich an. Langsam und unter einer gewaltigen Anspannung machte ich mich zu einem Sprung bereit. Ich musste nur den richtigen Zeitpunkt abpassen. So dachte sie vermutlich auch! Wir belauerten uns gegenseitig. Wie zwei Schützen, die auf eine Reaktion des anderen warteten. Ich täuschte einen Angriff an, aber sie bleib einfach sitzen.

Hatte die etwa keine Angst?

Ich wartete noch ein paar wenige Sekunden, dann setzte ich zum Sprung an. Das einzige was ich noch hörte, war das Klirren von ein paar Gläsern, die den Weg in die Spüle fanden und auf den Boden fielen und dort nicht mehr zu gebrauchen waren.

Aber wo die verdammte Fliege?

Sie war hinter mir und lachte mich aus. Unfassbar, dieses Biest. Wie sollte ich ihr beikommen? Während ich noch so überlegte, setzte sie sich auf ein großes Einmachglas, wo ein paar Pfirsiche eingelegt waren. Ganz langsam drehte ich mich zu ihr um und fixierte sie mit meinem Blick. Jetzt kam es darauf an, die beste Gelegenheit abzuwarten, um ihr endlich den Garaus zu machen.

Sie stolzierte so vor mir hin und her, getreu dem Motto:

„Dann komm doch endlich und fange mich!"

Im Stillen dachte ich noch bei mir:

„Du wirst schon sehen, was du von deinem Übermut hast!"

Ich ließ mich in aller Ruhe nieder und hielt sie in meinem Augenwinkel fest. Sie wurde immer übermütiger und ich immer angespannter. Irgendwann reichte es mir und ich machte mich für einen Angriff bereit. Eine kurze Konzentration, ein kurzes Zucken, ein Sprung und ich spürte sie unter meiner Pfote.

Allerdings fiel dabei das Einmachglas um und suchte sein Heil auf dem Weg nach unten. Ich aber hatte sie unter meiner Pfote. Langsam erhöhte ich den Druck auf sie und schaute kurz unter meiner Pfote nach, da lag sie nun und konnte sich nur mühsam bewegen. Sie wollte vor mir fliehen, aber dazu hatte sie keine Chance mehr, denn eine Kralle von mir bohrte sich in ihren Körper hinein.

Sie bäumte sich noch einmal kurz auf und dann hauchte sie ihr Leben aus. Das hatte sie nun von ihrem Übermut. Ich faltete meine Vorderpfoten und sprach ein kurzes Gebet.

Ich konnte nun einen neuen Kratzer auf meinem Brett machen.

Dann fiel mein Blick auf das Einmachglas, welches unten auf dem Boden lag. Puh, da hatte ich noch einmal großes Glück gehabt, dass das Glas geschlossen blieb, sonst hätte es eine große Bescherung gegeben.

Aber wie sagte meine Dienerin immer so schön:

„Ein bisschen Verlust ist immer"

Also, wegen den paar Gläsern, brauche ich mir daher keine Gedanken machen.

Ein Tag der alles veränderte

Jetzt war ich schon ein Jahr bei meiner neuen Dienerschaft und ich fühlte mich hier pudelwohl, oder sollte ich doch lieber Katzenwohl sagen? Egal, wie man es nennen will, ich bin glücklich und dankbar, dass ich es hier so gut angetroffen habe. Die beiden sind sehr lieb zu mir und ich fühle mich als vollständiges Mitglied des Hauses.

Im heißen Sommer des Jahres 2018 hatten die beiden eine neue, kleine aber notwendige Baumaßnahme durchgeführt. Auch Jenny und Patrick waren da und halfen den beiden, die Baumaßnahme durch zu führen.

Nach ein paar Tagen waren sie fertig und freuten sich darüber, dass alles so reibungslos geklappt hatte. Ich schaute denen oft von meinem Fensterplatz oben im Dachgeschoss zu. Es war eine schweißtreibende Arbeit. Zum Glück bot der kleine Schwimmteich die notwendige Abkühlung.

Aber einige Restarbeiten mussten noch erledigt werden. Die Beiden machten sich, als es etwas kühler wurde, an diese Arbeiten heran. An jenem Tag musste etwas geschehen sein, was doch sehr einschneidend war.

Es herrschte plötzlich an einem Nachmittag eine Aufregung im Hause, meine Dienerin war regelrecht aufgelöst, während er relativ ruhig auf einem Stuhl saß.

Allerdings war sein Gesicht etwas blass. Sie packte ihn in das Auto und die beiden fuhren weg. Sie kam erst wieder spät zurück und schaute traurig aus den Augen.

Aber wo war er?

Ich suchte alle Räume ab, konnte ihn aber nirgends finden. Auch am nächsten Tag suchte ich ihn verzweifelt – aber von ihm war nichts zu sehen.
Immer wieder fuhr meine Dienerin weg und kam erst am späten Abend zurück. Wo fuhr sie hin? Und immer noch kein Zeichen von ihm? Was war passiert?

Eines Tages kam sie wieder zurück und zeigte mir ihr Gerät, mit dem sie immer spielte.

Ich glaube, sie sagen dazu Handy oder Smartphone. Plötzlich hörte ich seine vertraute Stimme. Wie verrückt raste ich durch die Bude, konnte ihn aber nirgendwo sehen, geschweige finden. Traurig ging ich zu ihr und schaute sie mit großen Augen an. Sie nahm mich in ihre Arme, ihre Stimme klang brüchig und mit leiser Stimme sagte sie:

„Dein geliebtes Herrchen liegt im Krankenhaus und es sieht nicht gut für ihn aus. Ich mache mir große Sorgen."

„Heute im Krankenhaus, wo er zur Zeit liegt, haben wir auch über dich gesprochen und er hat dir diese Nachricht übermittelt. Sie spielte mir diese Nachricht noch einmal ab.

131

Ich hörte zwar seine ruhige Stimme, aber wo war er? Ich konnte es nicht fassen. Ich merkte aber, dass meine geliebte Dienerin jetzt meinen ganzen Beistand brauchte und ich nutzte jede Gelegenheit bei ihr zu sein, um ihr zu sagen, dass sie nicht allein ist, sondern mich hat.

Dies ging über Wochen so. Von ihm sah und hörte ich nichts. Was war mit ihm los? Zwischen drin schaute ich oft in ein kummervolles Gesicht meiner Dienerin.
Was war da eigentlich los?
Sie erzählte mir etwas von irgendwelchen Operationen.

Aber was war das?

Operationen?

Damit konnte ich nichts anfangen.

Aber irgendwas war da im Busch, dass spürte ich deutlich. Mit der Zeit wurde ihr Gesicht zuversichtlicher und dann kam ein Tag, an dem sie wieder so herzlich lachen und sich freuen konnte.

Zuvor wurde allerdings noch einiges in dem Haus um geräumt. Auch Jenny und Patrick waren wieder da und bauten eine neue Couch im Wohnzimmer auf. Welche Veränderungen gab es? Dies sollte ich später erfahren.

Als sie einige Tage später weg fuhr und ich sie, wie immer zu Tür begleitete, sagte sie zu mir: „Heute kann ich deinen Diener wieder abholen. Er kommt wieder nach Hause.

Das war ja mal eine gute Nachricht!

Ich legte mich auf den Tisch im Wintergarten, da ich von hier den besten Blick auf die Einfahrt habe und wartete ungeduldig auf die Rückkehr der Beiden.

Dann hörte ich ein Motorengeräusch, der Wagen fuhr in die Einfahrt. Sie stieg aus, ging um den Wagen herum und half ihren Mann, meinem geliebten Diener aus dem Wagen.
Alles ging sehr langsam vonstatten. Er schob vor sich einen Wagen her, der ihm irgendwie einen Halt gab. Dann kamen sie beide ins Haus hinein. Ich freute mich riesig als ich ihn sah, ihm ging es genauso. Sofort nahm er mich in seine Arme und streichelte mich sehr liebevoll. Ich glaube er war sehr froh, dass er wieder zu Hause war.

Aber es hatte sich doch einiges geändert. Plötzlich standen zwei neue Gerätschaften im Haus herum, die er benutzte. Etwas kam mir aber spanisch vor. Sein Lauf war anders. Auch seine Bewegungen hatten sich verändert. Ich wich nicht mehr von seiner Seite! Ich wollte wissen, was da los war.

Dies bekam ich am Abend zu sehen. Er schlief jetzt mit ihr auf dieser neuen Couch, die seit ein paar Tagen im Wohnzimmer stand. Warum schliefen die beiden nicht mehr in ihrem bzw. unserem Bett? Während ich mir darum noch Gedanken machte, sah ich den Grund. An seinem linken Bein fehlte etwas, im Gegensatz zum rechten Bein. War dies der Grund? Für das was jetzt fehlte trug er einen Ausgleich. Sie nannten es Prothese.

Mir war es gleich, die Hauptsache war, dass er wieder daheim war und wir wieder alle zusammen waren. Ich hatte mich schnell an die neue Lage gewöhnt, auch das er manchen Weg in der ersten Zeit mit dem Rollstuhl machen musste.

Auch an die neue Schlafgelegenheit der Beiden gewöhnte ich mich schnell, obwohl ich jetzt oben ein ganzes Reich für mich hatte, blieb ich in der Nacht bei den Beiden und fand auch schnell meinen Platz auf der Couch. Ich konnte ja die beiden nicht allein lassen!

Hier konnte man wunderbar relaxen!

An die neuen Gerätschaften gewöhnte ich mich ebenfalls recht schnell und entdeckte, dass es auf dem Rollstuhl, wie man das Ding nannte, auch recht gemütlich sein konnte.

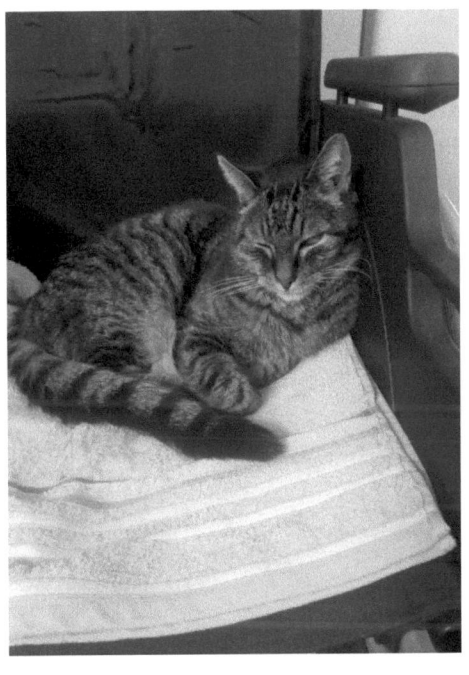

Gott sei Dank, dass er wieder zurück war, sich wieder an sein Schreibgerät setzte und wir wieder gemeinsam Musik hören konnten. Es war eigentlich fast alles wir früher, außer das er jetzt die kleinen Hilfsmittel brauchte, um sich fortzubewegen. Zum Glück, hatte er seinen Humor nicht verloren und mit der Therapie in der REHA – Maßnahme wurde er immer sicherer und konnte sich besser bewegen und bekam auch wieder mehr Kraft.

So ging ein düsteres Kapitel doch noch glimpflich aus.

Der Winter

Wie schnell doch die Zeit vergeht. Jetzt bin ich schon zwei Jahre in meinem neuen Heim. Wenn ich so zurückblicke, so kann ich sagen: Ich habe ein richtig schönes Leben auf meine alten Tage und bald werde ich 15 Jahre alt.

Meine Dienerschaft ist richtig lieb und verwöhnt mich mit allen Mitteln. Es fehlt mir wirklich an nichts. Allerdings machen sich langsam so die ersten kleinen „Zipperleinchen" bemerkbar.

Da tut es hier und da mal weh und ich bin dann froh, dass ich mich nach oben verziehen kann und einfach in den Tag hinein leben kann.

Ach, das ist schön! Die Sonne wärmt, ich habe meine Ruhe und kann so herrlich meinen Träumen nachhängen.

Aber eins und das könnt ihr mir glauben, zu den Mahlzeiten stehe ich aber bei den Beiden auf der Matte. Da fällt meist etwas Leckeres für mich ab oder ich bekomme eine besondere Sonderportion, wie Hähnchen-Fleisch oder Thunfisch. Danach ist dann wieder eine „Siesta" angesagt.

Pünktlich zum Abendessen bin ich dann wieder unten und bleibe dann auch unten, denn nach dem Abendessen ist „Fernsehtime" und Kuschelzeit angesagt.

Zuerst kuschele ich mit meinem Diener herum, bevor es dann zu meiner Dienerin geht, wo ich dann auf einer flauschigen Decke und ihren Oberschenkel zum Liegen und Dösen komme.

Dann bekomme ich viele Streicheleinheiten und oft schlafen wir dann auch gemeinsam ein, wenn das Fernsehprogramm nichts mehr hergibt. Dies ist für mich die schönste Zeit des Tages, wenn wir alle zusammen sind. Gegen Mitternacht wird dann das Bett fertig gemacht und wir legen uns zum Schlafen hin. Auch ich habe mittlerweile dort meinen festen Schlafplatz und wache über die Beiden.

In der letzten Zeit machten mir meine Nieren einige Probleme. Erst gab es eine neue Medizin, die ich zuerst gar nicht so gerne einnehmen wollte und meine Dienerin damit kämpfen musste, um mir diese einzuflößen. Aber als ich merkte, dass mir diese Medizin half, nahm ich sie bereitwillig ein.

Schon eine kurze Zeit später ging es mir schon viel besser.

Draußen war es recht ungemütlich und ich zog es lieber vor, in der Nähe der Heizung auf einem Kissen zu liegen und die Wärme zu genießen.
Kurz vor Weihnachten kamen Jenny und Patrick vorbei und brachten allerhand Sachen vorbei. Unter anderem auch ein schönes Schlafkissen für mich.

Da stand sogar mein Name drauf!

Moritz

in großen Buchstaben!

Sofort machte ich eine erste Liegeprobe. Ich muss sagen, da schlief es sich sehr kommod drauf. Aus den Erzählungen erfuhr ich, dass im Inneren des Schlafkissens reine Schurwolle drin war und sie für ein unvergleichliches Wohlbefinden sorgen soll.

Die nächsten Tage schlief ich dort nur noch. Ich muss sagen, hier schlief ich besonders tief und fest. Lag dies vielleicht an der reinen Schurwolle von den Leine-Schafen, deren Wolle dort verarbeitet wurde?

145

Ist mir auch egal, Hauptsache

ich kann in dem Kissen wunderbar schlafen!

Die Sonne zeigte sich kaum einmal und eigentlich war es die ganze Zeit immer recht dunkel.

Ich sehnte das Frühjahr herbei.

Der Sommer kommt

Schon das Frühjahr wartete mit
sehr schönen Temperaturen auf.
Sollte das wieder so ein
Sommer werden, wie im letzten
Jahr? Wo es wochenlang so heiß
war, dass man froh sein konnte,
wenn man ein kühles Plätzchen
im Hause fand.

Man konnte nur eins tun –
Essen, Trinken und Schlafen!

Mehr war nicht möglich.

Der Schlaf des Gerechten!

Aber jeden Tag wurden neue Hitzerekorde gemeldet.
An einem Tag hieß es, dass man die 40 Grad Marke überschreiten werde. In den Nachrichten bekam ich dann mit, dass in Lingen der Rekord mit 42,6 Grad gebrochen wurde und zwar bundesweit. Damit konnte ich nicht viel anfangen, ich weiß nur eins, es war sauheiß!
Also versuchte man diese Tage mit ganz viel Ruhe zu überstehen.

Eines Tages, Jenny und Patrick waren mal wieder da und sie sprachen über einen Balu.

Wer war jetzt Balu?

Ich hatte ihn schon einmal kurz in einer Geschichte erwähnt.

Sie sprachen davon, dass er sein Heim verlieren soll, da ein Kind unterwegs sei.

Die Besitzer wollten ihn, den Balu, gerne in gute Hände abgeben. Sollte er das gleiche Schicksal erleiden wie ich damals? Den Weg ins Tierheim nehmen? So wurden die beiden gefragt, ob sie ihn nicht aufnehmen konnten? Sie ließen sich ein paar Bilder von Balu zu mailen und baten sich drei Tage Bedenkzeit aus.

Sie hatten auch etwas Angst um mich, ob ich dazu bereit wäre einen neuen Mitbewohner zu akzeptieren.

Den ich wäre ja jetzt ihr Einzelprinz und was wird dann?

Auf der einen Seite, so wie ich dies mitbekam, musste er eine englische Edelkatze sein und sehr schön aussehen. Es wäre schade, wenn ein solches Tier ins Tierheim müsste.

Er war knapp fünf Jahre alt.

Er sah ja ganz süß aus. Aber er war ein richtiger Brummer!

An diesem Tag fiel noch keine Entscheidung!

Im Stillen dachte ich bei mir, oh mein Gott, jetzt kommt auch noch englischer Hochadel zu uns. Das wird was geben! Muss ich dann immer einen Diener machen, wenn er an mir vorbei kommt?

Wirre und wilde Gedanken schwirrten in meinem Kopf herum. Braucht er vielleicht ein besonderes Futter? Ich hatte mal gehört, in einem Bericht, dass die Engländer ein sehr ungewöhnliches und geschmackloses Essen haben. Dies färbt mit Sicherheit auch auf die Tiere ab. Oder?

In den nächsten Tagen, so wie ich dies mitbekam, gingen zahlreiche Nachrichten hin und her. Zahlreiche Fragen wurden gestellt.

Aber war da schon eine Entscheidung gefallen? Meine Dienerin fragte ihren Schatz:

„Sollen wir den Balu zu unserem Moritz nehmen? Was denkt du darüber?"

„Nun," gab er ihr zur Antwort, „auf der einen Seite ist dies ja das uneingeschränkte Reich von unserem Moritz."

Dies hörte sich ja mal nicht so schlecht an!

„Auf der einen Seite tut mir aber auch der Balu leid, der ja eigentlich ein sehr netter Kater ist, wenn er ins Tierheim muss." „Daher sollten wir versuchen, ob die beiden es schaffen, hier bei uns gemeinsam zu leben."

Puh, damit schienen die Würfel gefallen zu sein. Meine Dienerin nahm dies mit einem Lächeln auf. Mir schwante da etwas und dies bedeutete für mich – eine gravierende Veränderung.

Sie folgte drei Tage später auf dem Fuß.
Es war an einem Samstagnachmittag als die Besitzer von Balu zu den Beiden kamen. Auch Jenny und Patrick waren da. Sie kannten den Balu ja von ihren Besuchen bei den Besitzern.

Da saß er nun in seinem Transportgestell und schaute mit großen Augen alle an. Ich verkroch mich auf meinen Kratz-Baum und schaute mir das Szenario von oben an.

Zuerst wurden viele Sachen ausgepackt, Auch ein neuer Kratz-Baum, der wahrscheinlich ihm gehörte, wurde nun neben meinem Baum aufgebaut. Staunend folgte ich dem Aufbau. Da gab es ein paar Bereiche, die mich neugierig machten. Diese galt es mal bei einer Gelegenheit unter die Lupe zu nehmen.

Als der Baum aufgebaut war, wurde Balu aus seiner Transportbox entlassen und man ließ ihn umher laufen. Für mich interessierte er sich überhaupt nicht.

Typisch, für den feinen englischen Hochadel.
Dabei machte er auf mich einen sehr massiven Eindruck. Auch sein Kopf hatte fast den doppelten Umfang wie meiner.

Aber sein Gang war eher plump, ja ich möchte sagen, fast behäbig. Sein Fell glänzte sehr schön und war recht dicht. Seine Augen hatten einen leicht gelblichen Stich. Eigentlich sah er, trotz seiner Größe, wie ein Teddybär aus. Auch sein Gang, wenn man ihn von hinten sah, war ungewöhnlich. Er erinnerte mich an die Filmfigur „Balu" aus dem Dschungelbuch. Der lief auch so, wie er!

Ein Blick auf seine Tatzen verhieß nichts Gutes, die waren groß und kräftig.

Und wie war sein Charakter?

Er ging zuerst zu Jenny und Patrick, die er ja kannte und dann begrüßte er die beiden, seine neue Dienerschaft.

Er wurde sehr liebevoll aufgenommen. Er blieb bei ihnen sitzen, als würde er ahnen, dass er jetzt hier sein neues Heim hätte. War er froh, dass er von seinen Besitzern loskam? Ich weiß es nicht, aber so war mein erster Eindruck.
Nach einer weiteren Stunde machten sich alle wieder auf ihren Weg nach Hause. Nur wir hatten einen neuen Mitbewohner. Es schien sich hier bei uns sehr wohlzufühlen.

Jetzt musste ich mein Reich mit einem englischen Adligen teilen.

Oh mein Gott, ob das gut geht?

Die nächsten Tage wurden sehr spannend für uns beide. Balu war noch jung, ich war alt und brauchte meine Ruhe.

Dies war schon eine brisante Mischung. Zu den Mahlzeiten trafen wir uns unten in der Küche und wir nahmen unsere Mahlzeit gemeinschaftlich ein. Selbst die Leckerlis teilten wir uns freundlich!

Die Beiden waren darüber erstaunt, das wir beide so friedlich waren. Aber dieser Eindruck täuschte sie gewaltig. Kaum hatten wir unsere Mahlzeiten eingenommen ging die Jagd los. Balu wollte das Reich unten für sich haben und ich sollte oben bleiben.

So versperrte er mir immer den Treppenaufgang und ich hatte keine Chance an ihm vorbei zu kommen.

Denn wenn man sich ihn anschaute, dann war dies schon ein sehr kräftiger Bursche. Er wog mehr als das doppelte von mir. Er hatte einen massiven Kopf und wirkte im ersten Augenblick etwas schwerfällig.

Aber davon ließ ich mich nicht täuschen.

Er konnte verdammt schnell sein. Wenn meine Dienerin sah, dass er mir den Weg versperrte, dann gab es für ihn eine mächtige „Schimpfe" und er zog es vor, sich etwas zurück zu ziehen, damit ich die Treppe herunter oder hinauf gehen konnte. Manchmal lag er auf der Lauer und ließ mich dann meinen Weg gehen.

Wollte er jetzt nur spielen – oder mir mein Reich streitig machen?

Tage später wollte ich mal wieder von oben herunter kommen, aber er lag genau vor der Treppe und fauchte mich an. Ich fauchte zurück, was ihn etwas beeindruckte, da ich ja kein großer Erzähler bin.

Denn bis dahin war ich ruhig geblieben.

Meine Dienerin sah dies und jagte ihn ins Badezimmer hinein und so konnte ich langsam und gemütlich die Treppe herunter stolzieren. Im Blickwinkel sah ich jedoch, wie er im Badezimmer auf dem Sprung war, um mich zu jagen. Ich reizte ihn etwas und dann sprang er auf und kam wie von einer Tarantel gestochen auf mich zugelaufen.

Meine Dienerin wollte ihn noch aufhalten, aber wenn mal die Masse in Bewegung ist, dann hält sie so schnell nichts auf

Ich lief ein paar schnelle Schritte und bog dann blitzschnell hinter dem Schrank rechts ab, während die beiden an mir vorbei donnerten und im Wintergarten zum Stehen kamen.

Verdutzt schauten sie sich nach mir um. Ja, wo war ich denn? Vielleicht auf einen der beiden Kratz-Bäume? Nein, da war ich auch nicht. Oder habe ich vielleicht Unterschlupf in einem der kleinen Nischen in den Kratz-Bäumen gefunden. Auch hier Fehlanzeige! Ungläubig suchten beide nach mir.

Ihre dummen Gesichter hätte ich gerne gesehen.

Aber ich drehte mich um und ging wieder nach oben und dachte im stillen bei mir: „Ja, clever muss man sein!

Das ist die Weisheit des Alters!"

Ich legte mich schlafen und ließ die beiden noch weiter nach mir suchen.

Auch als sie meinen Namen rief, reagierte ich nicht. Nach einer kurzen Zeit kam sie dann die Treppe rauf und fand mich schlafend auf meinem Kissen. Still sagte sie vor sich hin:

„Mein lieber Moritz, du bist vielleicht ein kleiner Filou!"

Sie holte dann noch etwas und ging wieder nach unten. Den Balu sah ich erst wieder gegen Abends.

Die nächsten Tage wurden wieder sehr heiß, bis zu 38 Grad erreichte das Thermometer.

Wir beide lagen den ganzen lieben Tag faul in unseren Ecken herum, manchmal auch nebeneinander, selbst das Essen ließen wir stehen. Nur ab und zu tranken wir etwas. Zu mehr hatten wir einfach keine Lust.

So eine Hitze ist für einen alten Kater nichts und so langsam merkte ich, dass ich meinem Alter Tribut zollen muss. Zu meinem Glück war Balu faul bei dieser Hitze und verzichtete auf irgendwelche Jagden.

Aber dennoch bin ich, trotz der großen Hitze, abends zum Abendessen unten gewesen und habe wie immer mit den beiden auf der Couch gesessen und mir meine Streicheleinheiten abgeholt.

Zum Glück wurde es kurze Zeit später etwas kühler und erträglicher.
War das jetzt durch die Hitze bedingt oder ging es mir wieder schlechter?

Ich weiß es nicht.

Jedenfalls bekam ich eine Medizinkur, die mir wieder auf die Beine helfen sollte. In den nächsten Wochen ging es immer wieder mal bergauf, dann wieder bergab. Balu konnte es sich dennoch nicht verkneifen, mich zu jagen. Oft war ich schneller. Aber hier und da erwischte er mich auch mal mit seinen Tatzen am Hinterteil. Dann konnte ich nur noch böse zurück fauchen oder er musste sich eine Standpauke von der Dienerschaft anhören.

Ansonsten haben wir uns aber schon vertragen, besonders beim Essen.

Trotzdem merkte ich langsam, wie meine Kräfte nachließen und versuchte mich zu schonen.

Immer öfters suchte ich die Nähe meiner Dienerschaft, auch tagsüber wollte ich in ihrer Nähe sein.

Balu schien zu merken, dass ich nicht mehr so auf dem Damm war und ließ mir meine Ruhe. So nahm ich, trotz meiner Schwäche noch voll am Tagesgeschehen teil.

Feststellungen

Zum Abschluss meines Buches muss ich aber noch ein paar Feststellungen machen, die ich durch Zufall gelesen habe.

Da hat doch der Tierschutzbund in einer Studio festgestellt, dass wir Katzen, auch wenn wir relativ klein sind, doch im Laufe unseres Lebens eine Menge kosten.
Da hat man doch allen Ernstes ausgerechnet, dass eine Katze bei einem durchschnittlichen Lebensalter von rund 16 Jahren, dem Besitzer einer Katze dies zirka 11.000,00 Euro in den 16 Jahren kostet. Also im Jahr ca. 688,00 Euro. Im Monat damit 57,00 Euro!

Dazu möchte ich einmal folgendes sagen:

Wer diese 57,00 Euro nicht für eine Katze ausgeben möchte, sollte sich keine halten.
Ferner sollte man dabei beachten, dass viele Katzen als Freigänger unterwegs sein müssen und sich damit weitgehend selbst ernähren.
Dabei gibt es vielleicht zum Abend mal ein billiges Dosen – Futter.
Weiter gibt es zu berücksichtigen, dass viele Katzen nicht das hohe Alter von 16 Jahren erreichen.
Daher sollte man diese Summe auch mit Vorsicht betrachten.

Ich muss mal für meine meine Katzenschwestern und - Brüder eine Lanze brechen.

Wir sind sehr liebenswerte Geschöpfe, sind ziemlich gute Freunde unserer Dienerschaft. Wir lieben unsere Diener, fühlen mit ihnen, trösten sie wenn sie einsam sind, helfen ihnen den Tag von der heiteren Seite zu sehen und wissen, wann wir uns zurückziehen sollten.

Aber auch wir liegen gerne bei unserer Dienerschaft, folgen ihr auf Tritt und Schritt und lieben lange Schmuse-Stunden. So das es ein ständiges Geben und Nehmen gibt, dass beide Seiten zufriedenstellt.

Dennoch, oder auch vielleicht gerade deshalb haben wir unseren eigenen, individuellen Charakter behalten, der uns so einzigartig macht.

Dies wollte ich nur mal eben noch los werden, bevor ich...?

Oh, ich sehe gerade, dass meine Dienerschaft mit dem Abendessen fertig ist und sich auf dem Weg ins Wohnzimmer macht...!
Jetzt kommt für mich die schönste Zeit... des Tages!

Jetzt lege ich mich zwischen den Beiden und bekomme von beiden Seiten meine Streicheleinheiten. Sollte einer von den beiden mal aufstehen, dann folge ich ihr/ihm nach und meist fällt dann auch noch für mich ein Leckerli ab.

Katzenherz, was willst du noch mehr?

Mein letztes Wort

Ja meine Lieben, jetzt ist viel
über mich geschrieben worden.

Wenn ich jetzt noch einmal meine Augen über die geschriebenen Zeilen gleiten lasse, dann muss ich doch feststellen, dass ich ein lieber, kleiner und verschmuster Kater bin.

Besonders die letzten drei Jahre haben mich glücklich gemacht, nachdem ich mein Zuhause verloren hatte und total verängstigt im Tierheim einsaß.

Das ich es noch einmal so gut auf meine alten Tage angetroffen habe, dies war für mich ein wahrer Glücksfall.

Nun bin ich alt geworden, meine Nieren wollen nicht mehr so recht und auch meine Beine werden mir langsam tagtäglich schwerer. Selbst das Essen und Trinken bereitet mir mittlerweile große Mühen.

Ich spüre das meine Zeit gekommen ist zu gehen. Ich werde mit Wehmut gehen und weiß, dass man mich sehr vermissen wird, aber so ist halt das Leben.

So bleibt mir nur noch eins übrig, wenn ich jetzt meinen Stift aus meinen Händen lege, mich bei allen zu bedanken die mich auf meinem langen, manchmal auch nicht einfachen Weg begleitet und mir dennoch ein sehr schönes Leben beschert haben.

Besonders die letzten drei Jahre waren geprägt von viel Liebe und Zuneigung.

Dafür bin ich allen sehr dankbar.

Auch wenn ich nicht mehr da bin, weiß ich, das ich in euren Herzen weiterleben werde.

So kann auch ich sagen:

ICH BIN BEI EUCH!

Ein langer Abschied

Mit jeder weiteren Stunde in seinem Leben wurde Moritz immer schwächer und schwächer, trotz weiterer Medizin aus der Naturheilkunde und den zahlreichen und aufwendigen Bemühungen von der Tierheilpraktikerin Gerlinde Kruse aus Augustfehn trat keine entscheidende Besserung ein.

Er mühte sich ab, den Weg zu seinem Klo zu finden. Jedoch wollten die Hinterbeine nicht mehr so wie er wollte. Aber er gab einfach nicht auf. Er wollte bei uns bleiben, inmitten seiner geliebten Dienerschaft. Wir taten alles, dass er auch weiterhin im Mittelpunkt stand, wie in den letzten Jahren, die er bei uns verbrachte.

Ihn irgendwo auf einer Decke auf dem Sofa oder auf einem Stuhl zu legen... nein das wollte er nicht. Er wollte inmitten seiner Leute sein, erst dann war er zufrieden. Es fiel uns schwer, ihn so leiden zu sehen.

Aber sollten wir seinem Leben ein abruptes Ende bescheren? Nein, dass fiel uns einfach zu schwer.

Selbst sein neuer Freund merkte schnell, dass er nicht mehr der alte Kater war, sondern das er auf sein Ende zusteuerte.

Dennoch gab es Momente, wo man merkte, dass er ein kleiner Filou war.

Da schaffte er es, die kleinen Kügelchen, die er einnehmen musste und die seine Dienerin geschickt unter seiner Lieblingspastete gemischt hatte, auszusortieren und nur die Pastete zu schlecken.

Mit der Zeit wurde dies besser, da er merkte, dass diese kleinen Kügelchen ihm halfen, seine Beschwerden zu lindern.

Als wir im Wintergarten unser Frühstück einnahmen und Moritz auf meinem Bürostuhl im Wohnzimmer lag, hörten wir ein leises Wehklagen von Moritz und das erst verstummte, als wir ihn ebenfalls in den Wintergarten schoben.

Dann war es gut!

Er war und wollte wieder
zwischen uns, so wie immer.

Mit letzter Kraft suchte Moritz seinen Stuhl auf und legte sich darauf hin, wie er dies immer getan hatte, wenn wir gefrühstückt hatten. Balu, sein neuer, junger Freund legte sich zu seinen Füssen auf dem Boden hin. Wir waren erstaunt, als die beiden einträchtig nahe beisammen lagen, was noch selbst vor ein paar Tagen unmöglich war.

Mein Bürostuhl wurde in dieser Zeit zu seiner liebsten Schlafstelle. Vielleicht auch deshalb, weil dieser beweglich war und wir ihn überall mithin nehmen konnten, so das er immer in der Nähe von uns war. Selbst auch beim fernsehen war er bei uns. Auch in der Nacht stand sein „Stuhl" bei uns an der Schlafcouch.

Meine Frau musste ihn in der Nacht mit ihrer Hand berühren, sonst war es nicht gut und er fing an zu „meckern". War die Hand wieder bei ihm, dann schlief er auch wieder ruhig ein.

Dann kam das Wochenende. Ihm fiel es immer schwieriger sich aufzurichten, selbst das Umlegen auf dem Stuhl fiel ihm mittlerweile sehr schwer.

Noch am späten Nachmittag des Samstags fuhr meine Frau noch nach Augustfehn, um sich noch ein paar Ratschläge und eine weitere Naturheilmedizin bei Frau Kruse zu holen.

Als er sie eingenommen hatte ging es ihm etwas besser.

Unsere Hoffnung nahm zu!

An dieser Stelle einen ganz besonderen Danke an Frau Gerlinde Kruse für die intensive Begleitung, besonders in den letzten Wochen und Tagen im Leben von Moritz

Der Sonntag wurde ein ruhiger Tag für Moritz. Unsere Hoffnung wurde etwas genährt.

In diesem fahrbaren Büro-Stuhl verbrachte er ruhig und gelassen seine letzten Stunden.

Er wollte einfach mitten unter uns sein!

In der Nacht zum Montag ging es ihm aber wieder schlechter. Auch Essen wollte er nicht mehr. Am Montagmorgen kochte meine Frau für ihn noch eine leckere Rindfleisch-Suppe.
Von einem kleinen Löffel nahm er den einen und anderen Zug davon. Ein leichtes Blinzeln in seinen Augen schien uns zu sagen, dass dies ihm geschmeckt hatte.

Die Nacht zum Dienstag ließ uns kaum schlafen. Zu stark waren die Geräusche, die er von sich gab. Erst gegen Morgen schlief er für eine kurze Zeit ein. Hier konnten wir auch etwas Schlaf nachholen.

Als wir dann morgens beim Frühstück saßen, er ganz in der Nähe von uns beiden, auf seinem Stuhl bei uns war, merkten wir, dass er gehen musste.

Aber noch wollte er nicht!

Er kämpfte noch einmal mit sich!

Dann richtete er sich noch einmal auf, sackte dann in sich zusammen und hauchte sein Leben aus.

Eine tiefe Traurigkeit machte sich breit, auch sein neuer Freund „Balu" lag traurig unterhalb seines Stuhles auf dem Boden.

In diesem Moment waren wir alle sehr still.

Ja, damit haben wir einen alten, aber einen sehr liebenswerten und tollen Kater verloren.

Er wird in unserer Erinnerung bleiben, davon zeugt sein Bild über unsere Couch im Wohnzimmer.

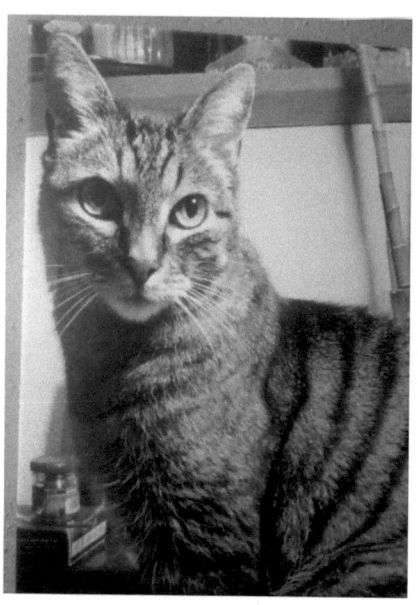

Schlusswort

Mit unserem kleinen Kater Moritz haben wir einen ganz besonderen Schatz verloren. Nach seiner anfänglichen Vorsicht wurde er immer aufgeschlossener, suchte unsere Nähe und war recht schnell mit uns sehr vertraut.
Wir haben ihn so genommen wie er war und er hat uns viel gegeben. Er hatte zwar seine Marotten, aber sie waren so liebenswert, dass wir sie heute immer noch vermissen.

Auch die Entscheidung von damals, doch lieber einen alten Kater zu nehmen, anstatt einer jungen Katze, haben wir nicht einmal bereut.

So konnten wir einen alten Kater, der im hohen Alter ja sein Heim verloren hatte, noch einmal ein schönes Zuhause geben, was er uns sehr dankte und uns glücklich machte.

Somit nehmen wir eine positive Erinnerung an unserem liebenswerten Kater Moritz in die Zukunft mit.
Er hat es geschafft, mit seiner Liebe uns gegenüber, sich einen besonderen Platz in unseren Herzen zu erobern. So ist er auch heute noch bei uns und sein Bild schaut uns jeden Tag an.
Sein neuer Freund, der Balu, der jetzt versucht seine Stellung einzunehmen, muss noch viel lernen, um an die Liebenswürdigkeit von Moritz heran zukommen.

Aber sein Weg ist schon ganz vielversprechend. Warten wir es mal ab, wie er sich entwickelt.

Er hat ja noch Zeit!

Goodbye, Goodbye... Moritz

Das Autoren-Team

Wir beide sind Katzenliebhaber, denn für uns gilt der Satz:

„Ein Leben ohne eine Katze ist kein wirkliches Leben!"

Zuerst waren da zwei Katzendamen, Rusty und Jacey, die meine Frau mit in unsere Beziehung brachte und uns über viele Jahre begleiteten.

Ich liebte schon immer Katzen, konnte aber nie eine besitzen, da meine Familie gegen Katzen allergisch waren. Umso mehr genoss ich jetzt das Zusammenleben mit den „drei Damen".

Danach folgte ein alter Kater, mit dem Namen Fynn, der uns als seine neue Dienerschaft ausgesucht hatte, nachdem er sein Heim verlor und eine Zeitlang auf der Straße wohnte beziehungsweise lebte.

Als er im hohen Alter starb, kam unser Moritz, auch schon ein alter, betagter Herr, zu uns, den wir aus dem Tierheim holten. Hier lebte er wie „Gott in Frankreich" und dankte es uns mit seiner ganzen Liebe. In den Jahren, wo er bei uns war, erlebten wir sehr viel Positives von unseren Kater.

Er fühlte mit uns und wir mit ihm. Es war eine sehr innige Beziehung. Auch wenn er heute nicht mehr bei uns ist, so bleibt er unser geliebter Moritz.

Sein Freund „Balu" übernimmt nun die Aufgabe mit uns gemeinsam zu leben.

Er gewöhnt sich schon ein!

Bisher sind folgende Katzenbücher erschienen:

Mein Name ist jacey, die Hauskatze
ISBN: 978 3944 028224

Geschichten einer Hauskatze, die sich als Diva sah und sich auch so aufführte, nach dem Motto: Vornehm geht die Welt unter...!

Rusty packt aus...
Die Welt aus Katzenaugen
ISBN: 978 3981 1709223

Noch eine Katzengeschichte!

Beide Katzen lebten in unserem Haushalt und waren so unterschiedlich wie ihr Katzenfell, nämlich schwarz und weiß!

Dennoch waren beide Katzen unsere Lieblinge, trotzdem gab es gewaltige Unterschiede im Charakter.

„Gamaschen Fynn"

ISBN: 978 3748 151944

Hier setzt der Autor einem zugelaufenen Kater ein kleines Denkmal, der so dankbar war, dass er nach dem Verlust seines langjährigem Heim und dem harten Leben auf der Straße, im hohen Alter noch ein gemütliches neues Zuhause fand.

Was gibt es sonst noch aus der Feder des Autors und seiner Frau zu berichten?

Geschichten, die Leben schrieb:

Das Leben und Wirken des Strohwitwers Fritz
ISBN: 978 3911 1756070

Geschichten aus meiner Zeit als Strohwitwer, die ich meiner ersten Frau Maria, nach ihrem schweren Unfall, in diverse REHA – Maßnahmen schickte, um sie aufzumuntern.

Plötzlich allein... wie soll ich leben ohne dich?
ISBN: 978 3939 241068

Nach dem frühen Tod meiner ersten Frau Maria, zweieinhalb Jahre nach ihrem schweren Unfall, schrieb ich dieses Buch mit den Fragen nach dem „Wie" und „Warum".

Plötzlich allein... aber das Leben geht weiter!

ISBN: 978 3746 034393

Tod – Trauer – Einsamkeit – Verlust
Worte die einem in seinem Leben immer wieder begegnen. Dabei stellt sich die Frage: „Wie geht man damit um?"

Nach dem ersten Buch „Plötzlich allein... wie soll ich leben ohne dich? folgt hier das zweite Buch ... aber das Leben geht weiter!

Es schildert die Zeit des Aufbruchs, dem Neuanfang – ohne die Erinnerung an das Vergangene zu vergessen.

Das Leben des Peter Bork
ISBN: 978 3744 829366

In diesem Buch wird die Geschichte eines Mannes geschildert, der im Vertrieb arbeitete, über seinen Aufstieg und Fall berichtet, bis zu einem tragischen Ende.
Eine Geschichte mit einem realen Hintergrund.

Liebe zwischen Lee und Luv
ISBN: 978 3744 803607

Eine Liebesgeschichte, die an der deutschen Nordseeküste spielt und von einem älteren Paar handelt, dass einen Neuanfang wagt und mit einigen Schwierigkeiten zu kämpfen hat.

Burn – out
... der lange Weg in eine Krise
ISBN: 978 3749 429660

In diesem sehr persönlichen Buch erzählt der Autor, wie er selbst über einen sehr langen Weg in eine seelische und körperliche Krise kam – Burn out – wie man heute sagen würde.

Sommertraum/a
ISBN: 978 3743 159471

In diesem Buch kommt sowohl der Autor, wie auch seine Frau Manuela, zu Wort. Ein kleines Missgeschick veränderte innerhalb von einer auf die andere Sekunde das Leben zweier Menschen. Wie werden sie damit umgehen?

Kolvensbachs Pitter

... und sein leidvoller Ehealltag
ISBN: 978 3939 241669

Unser Freund hat noch im späten Alter seine „große Liebe" gefunden, so dachte er.

Aber es kam anders, obwohl wir ihn eindringlich gewarnt hatten. So wurde sein Alltag zu einem Alptraum und wir versuchten ihn ab und zu daraus zu holen, was nicht so einfach war.

Sollte unser Freund auf der Strecke bleiben...??

Sex... kann so schön sein...
man muss ihn nur haben!
ISBN: 978 3939 241010

In einer lauen Sommernacht saßen mehrere Paare aus der Generation 55+ zusammen und erzählten einige kleine Anekdoten aus diesem Bereich, die ich natürlich wissbegierig aufgeschrieben habe.

Zwischenzeitlich, habe ich auch drei Krimis geschrieben, da in meinem Bekanntenkreis es einige Leser von Krimis gab und man mir nahe legte, doch auch einmal einen Krimi zu schreiben. Bei einem Urlaub auf der Insel Baltrum fiel mir dann bei einem Spaziergang am langen Strand der erste Fall für meinem Kommissar a. D. Klaus Schöne ein.

Kommissar a. D. Klaus Schöne
Aktenzeichen 2609
Ein ungeklärter Mord auf Baltrum
ISBN: 978 3741 288134

Ein Kommissar im Ruhestand macht auf der kleinen ostfriesischen Insel Baltrum seinen wohlverdienten Urlaub. Dabei stößt er auf eine Zeitungsmeldung, die über einen Mord berichtet, der seit zwanzig Jahren ungeklärt ist.
Dies weckt das Interesse von Kommissar a. D. Klaus Schöne an dem Fall.

Als ZBV (zur besonderer Verfügung) hatte er auch gleich seinen zweiten Fall zu lösen.

Kommissar a. D. Klaus Schöne
Aktenzeichen 1510

Leichenfund in einer Friedeburger Kiesgrube

ISBN: 978 3741 281082

Ein neuer Fall für unseren Kommissar a. D. Klaus Schöne. Kann er diesen Fall gemeinsam mit seinem Kollegen Schulz aufklären?
Eine Spur führt bis nach Portugal.

Nachdem er diesen Fall aufgeklärt hatte, wurde er zu einem weiteren, sehr merkwürdigen Fall gerufen. In der Gemeinde Zetel fand man bei Ausschachtungsarbeiten an einer neuen Windkraftanlage Leichenteile.

Kommissar a. D. Klaus Schöne
Aktenzeichen 1017
... in der Tiefe des Moores.

Ein neuer unheimlicher Fall für unseren Kommissar.
Bei dem Bau einer Windkraftanlage in einem ehemaligen Moorgebiet, dem Herrenmoor, welches südlich von der Gemeinde Zetel in Friesland liegt, werden bei den Ausschachtungsarbeiten für die Fundamente der dreiteiligen Windkraftanlage Leichenteile gefunden. Bereits einen Tag später werden weitere Leichenteile gefunden.

Was ist hier passiert?

Hinweise führen den Kommissar bis nach Südtirol.

Weitere Texte, die veröffentlicht wurden, finden sie in den folgenden Anthologien:

Deutsche Literaturgesellschaft
Gedichte, die die Zeit überstehen

Erinnerungen
Liebe
Weihnachten

August von Goethe-Verlag
Glücklich allein ist die Seele, die liebt.

Der Hochzeitstag
Mein geliebter Schatz
Wehmut

**Zwiebelzwerg-Verlag
Keinen Augenblick mehr mit
dir**

Der Talisman
Mein geliebter Schatz II